빌어먹을 아미들

샤이나크 현대판타지 장편소설

빌어먹을 아이돌 9

초판 1쇄 발행 2024년 10월 28일

지은이 ı 샤이나크
발행인 ı 최원영
편집장 ı 이호준
편집디자인 ı 박민솔
영업 ı 김민원 조은걸

펴낸곳 ı ㈜ 디앤씨미디어
등록 ı 2002년 4월 25일 제20-260호
주소 ı 서울시 구로구 디지털로32길 30 코오롱디지털타워빌란트 1301-1308호
전화 ı 02-333-2513(대표)
팩시밀리 ı 02-333-2514
E-mail ı papy_dnc@dncmedia.co.kr
블로그 ı blog.naver.com/gnpdl7

ISBN 979-11-364-5647-2 04810
ISBN 979-11-364-5289-4 (SET)

※ 저자와 협의하여 인지는 붙이지 않습니다.
※ 이 책은 ㈜ 디앤씨미디어(파피루스)가 저작권자와의 계약에 따라 발행한 것으로 본사와 저자의 허락 없이는 어떠한 형태나 수단으로도 내용을 이용할 수 없습니다.

Vol.
9

빨어먹을 아이돌

샤이나크 현대판타지 장편소설

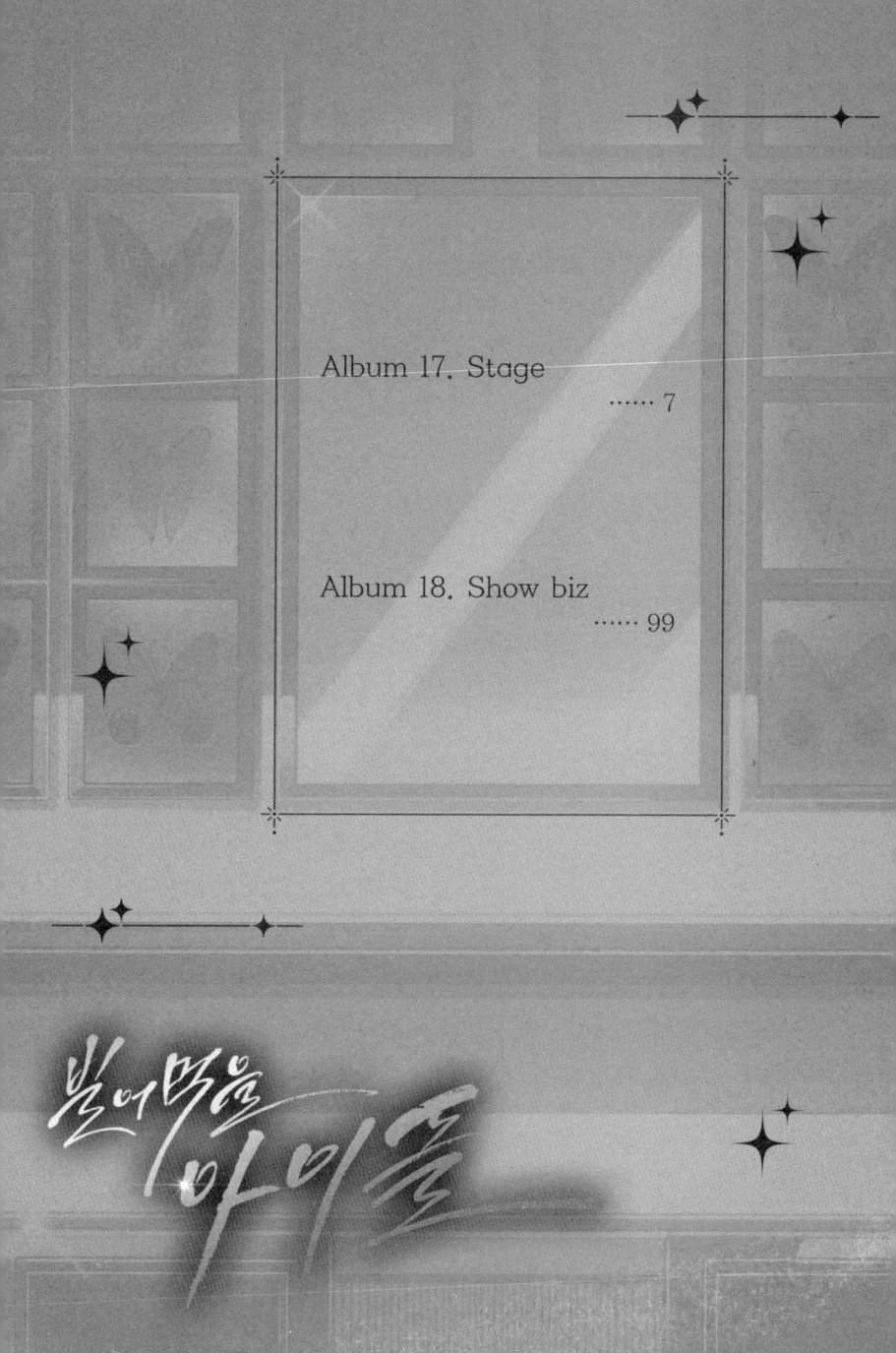

Album 17. Stage ······ 7

Album 18. Show biz ······ 99

Album 17. Stage

뜬금없이 발매된 세달백일의 유닛 복면강도의 앨범 〈Stage Side A〉는 훈풍에 올라탔다.

불어오는 힘찬 바람의 종류는 두 가지였다.

첫 번째는 셀프 메이드의 시청자들이 만든 바람.

두 번째는 세달백일이란 브랜드에 대한 믿음이 만들어 낸 바람.

사람들이 너 나 할 것 없이 〈Stage Side A〉를 듣기 시작했다.

물론 그 바람을 타고 더 높은 곳으로 올라갈 수 있는 이유는 음악이 좋기 때문이었다.

세상 모든 음악 장르가 그렇듯, 장점이 있으면 단점도 있다.

누군가는 록을 듣고 감정이 끓어오른다고 하지만, 누군가는 시끄럽다고 한다.

누군가는 힙합을 듣고 로우(Raw : 날 것 그대로의)하다고 하지만, 누군가는 유치하다고 한다.

장르의 양면성은 아이돌 뮤직에도 존재했다.

아이돌 뮤직의 단점 중 꽤 상당 부분이 '많은 참여자 수'에 기인한다.

아이돌 그룹은 멤버가 많기 때문에 파트를 쪼개야 하는데, 이는 보컬의 결이 일정하지 않고 여러 개로 나뉘어졌다는 뜻이었다.

이에 불편함을 느끼는 리스너들도 있고, 한시온도 그랬다.

사실 다른 작곡가들보다 훨씬 더 한시온은 아이돌 뮤직의 단점이 불편했다.

보통의 작곡가들이 아름다운 멜로디를 쏟아내기 위해서 노력한다면, 한시온은 좀 다르다.

그는 앨범을 많이 팔기 위해서 노력하고, 노래를 부르는 이들의 개성을 철저히 계산해서 곡을 만든다.

그래서 이이온이 지금껏 세달백일의 앨범 안에서 손해를 많이 봐 왔던 것이었다.

이이온에게 직접 말을 한 적도 있지만, 어지간한 프로듀서라면 이이온의 음색을 별로 신경 쓰지 않을 것이었다.

한시온과 같은 수준이 아니라면 앨범을 녹음하고도 정확히 뭐가 문제인지 모를 확률이 높았다.

그냥 트랙이 튀니까 어떻게든 보정으로 만지려고 노력했겠지.

어찌됐든 이런 이유로 한시온은 세달백일의 앨범보다 복면강도의 유닛 앨범이 더 작업하기 쉽다고 생각했다.

보컬이 단둘이니까.

심지어 개중 한 명은 한시온이 보기에도 타고난 재능을 지닌 구태환이고, 또 한 명은 후천적인 재능을 완성한 이이온이었으니까.

그러니 〈Stage Side A〉가 성공하는 건 당연한 일이었다.

전 트랙을 완성하고 나서 한시온이 '잘 빠졌다'라고 만족을 했으니까.

그렇다는 건······.

"아, 진짜 개새끼들."

"상도덕이 없어도 너무 없는 거 아니야?"

"1월 계획 다 세워 놨는데······."

다른 소속사들이 눈물을 흘렸다는 것이었다.

연말은 가수들이 기피하는 시간이다.

캐롤 때문에 순위가 밀리거나 묻히는 느낌이 있고, 다들 개인적인 약속이 많아서 콘텐츠 이용 시간이 줄어든다.

게다가 활동이 연말과 연초의 2년에 애매하게 겹쳐 버

리면, 연간 기록이나 시상식 노미네이트에서 불리함을 안고 갈 가능성도 높다.

그래서 다들 연말에는 콘서트나 행사를 돌며 음원과 앨범 발매를 미룬다.

이 말은 곧, 이 때 밀린 것들이 연초에 터져 나온다는 것이었다.

특히 연간 차트를 신경 쓰는 대형 가수들은 1월 발매를 좋아하기도 했고.

그래서 소속사들은 대형 가수들의 활동이 겹치지 않게, 버즈량이 분산되지 않게 눈치를 보는 경우가 많았다.

어차피 대형 소속사들끼리는 커넥션이 있고, 앨범 발매를 하려면 필요한 밑 작업들이 많기 때문에 알음알음 일정을 알게 되니까.

하지만 세달백일을 무려 '인디 가수'였기 때문에 아무도 몰랐다.

뮤직비디오를 국내에서 국내 업체를 통해 찍었다면 알았겠지만, 그것도 아니었고.

그러다 보니.

"대표님. 어제 민재 형이 그러던데요. 홍보에 좀 신경을 써야 하는 게 아니냐고……."

"민재가? 뭐라고 했는데?"

"세달백일 유닛한테 홍보가 너무 밀리는 것 같다고……."

"……그래. 일단 나가 봐."

조만간 음원을 발매할, 혹은 이미 음원을 발매한 대형 가수들이 소속사에 추가 마케팅을 요청하는 경우가 늘어나고 있었다.

하지만 이게 참 어이가 없는 건, 실제로는 세달백일이 아무런 홍보도 하지 않고 있다는 것이었다.

셀프 메이드를 통해 홍보를 하긴 했지만, 그건 대대적인 홍보라고 보긴 어렵다.

이미 고정으로(파일럿 프로그램이지만) 출연하고 있는 예능 프로그램에서 썰을 풀어놓은 것뿐이니까.

그럼에도 불구하고 온 세상엔 〈Stage Side A〉에 대한 이야기밖에 없다.

홍보도 없이 툭 내민 앨범에 모두가 열광한다.

이 말은 곧, 이게 자연스러운 현상이라는 것이다.

자연스러운 대중들의 관심은 마케팅으로 어떻게 할 수 있는 게 아니다.

"미쳐 버리겠네."

그러니 소속사 입장에서는 앓는 소리를 낼 수밖에 없었고.

---

1 - Separate(new)(hot)

2 - 우리가 다른 곳을 본다면(new)(hot)
3- 구애(new)(hot)

음원 차트의 최상단에 세달백일 유닛의 이름이 박히는 걸 지켜볼 수밖에 없었다.

그 아래인 4위부터 8위까지는 1월에 컴백한 여러 가수들의 이름이 박혀 있었지만, 솔직히 위태위태하다.

음원 파워가 살짝만 떨어져도 〈Stage Side A〉의 트랙들이 치고 올라올 것 같으니까.

이 정신 나간 놈들이 미니 앨범이라고 해 놓고서 8트랙이나 발매했으니까.

이런 상황 속에서 셀프 메이드 시즌2의 마지막화인 5화 방송이 시작되었다.

이 정도 시청률이라면 광고 단가가 아까워서라도 특별편이 편성되었을 확률이 높지만, 일단은 5화가 마지막이다.

"마무리나 잘하면 좋겠다."

"그러니까. 또 이상한 짓거리 안 하고."

"제발. 아멘. 부처님."

대한민국의 모든 기획사의 직원들이 아무 이슈도 없길 바라는 마음으로 모니터링을 시작했다.

* * *

 세달백일과 크게 관계가 없는 중립적인 케이팝 팬들은 복면강도의 유닛이 발매되는 순간, 좀 어이없어 했다.

 -얘네는 왜 그룹 찢는데 진심이냐??
 -회사가 없어서 그런가?
 -한시온이 음악 욕심이 너무 많은 거 같아. 중심을 잡아 줄 멤버가 있으면 좋을 텐데.
 -아 근데 노래는 진짜 좋네.
 -그룹에 정이 안 가서 덕질은 안 하는데, 실력은 역대급인 거 인정해.

 세달백일은 개인 팬이 늘어나는 중이라는 건 자명한 사실이고, 대부분의 아이돌 그룹은 이와 비슷한 진통을 겪는다.
 문제는 이게 완벽히 수습할 수 있는 종류의 트러블이 아니라는 것이었다.
 그러니 회사 차원에서 꾸준히 모니터링을 하고, 계속해서 팀워크를 다지기 위해서 신경을 써 줘야 했다.
 연차가 확실히 쌓여서 팬덤의 문화가 형성될 때까지.
 그러니 이런 관점에서 복면강도의 유닛 앨범 발매는 최악의 상황이라는 것이었다.

앨범 성과야 잘 나고 있는 것 같았지만, 세달백일이라는 그룹의 입장에서는 말이다.

하지만 이들은 셀프 메이드 시즌2 5화가 끝날 때쯤, 할 말을 잃을 수밖에 없었다.

일단 결론만 말하자면 5화는 마지막회가 아니었다.

특별편인 에필로그가 다음 주에 방송될 거고, 그게 진짜 마지막화다.

방송 내용적으로도 뭔가를 끝맺음 하는 느낌보다 다음 화랑 이어지는 느낌이었으니까.

그러나 방송을 시청한 케이팝 팬들이 할 말을 잃은 건, 방송 분량 때문이 아니었다.

방송 내용 때문이었다.

4화의 말미에서 구태환과 이이온의 〈Separate〉가 공개되며 뮤직비디오와 유닛 앨범이 발매됐던 것처럼…….

5화의 말미에 또다시 누군가 노래를 불렀다.

그가 부른 노래는 구태환과 이이온이 선보인 R&B와는 완전히 느낌이 달랐다.

EDM DANCE였으니까.

춤을 위한 EDM이라고 해도 클럽에서 흘러나오는 것처럼 루프가 메인이 되는 장르는 아니었다.

오히려 뉴 잭 스윙을 가미한 화려한 신스 팝에 가까웠다.

이 장르를 잘 모르는 사람들은 테크노라고 생각하기도

했고.
 노래의 주인공은 최재성이었다.

-설마?
-아니지?

 사람들은 설마 최재성의 노래가 또다시 음원으로 발매되는지 호기심을 가졌다.
 상식적으로는 말도 안 되는 일이긴 하다.
 불과 일주일 전에 같은 그룹의 유닛 앨범이 나왔고, 차트 최정상을 지켰으며, 모든 버즈량을 빨아먹었다.
 한데 지금 최재성의 노래가 나오면?
 경쟁자가 될 뿐이다.
 이건 구태환과 이이온의 팬들도, 최재성의 팬들도 좋아하지 않을 구도였다.
 그러나 역시 세달백일이었다.
 그날 자정.
 최재성의 뮤직비디오가 공개된 것이었다.

[최재성 - Drop Official M/V]

-자 지금부터 싸워라.

-ㅋㅋㅋㅋㅋㅋㅋㅋㅋㅋㅋㅋ힙시온 미친 새끼 아니냐ㅋㅋㅋㅋㅋㅋ

-강한 자만이 나와 팀이 될 수 있다(절벽에서 밀며)

-ㅋㅋㅋㅋㅋㅋㅋㅋ아 존나 어이없는데 흥미롭네. 최재성 노래 잘하냐?

-못하겠냐? 스넘제 우승을 했는데?

-나 스넘제 안 봄.

-걍 최재성도 ㅈㄴ 불쌍한 놈이라고 생각하면 됨. 하필 세달백일 같은 팀에 들어가가지고ㅋㅋ

-최재성 노래 ㅈㄴ 잘함. 근데 좀 세달백일이랑은 결이 다르긴 해. 전반적으로 이것도 잘하고 저것도 잘하는 느낌이라고 해야 하나?

-ㅇㅇㅇㅇ 다른 세달백일은 하나씩 특화된 분야가 있는 건 같은데 얘는 다 잘함.

-아니 근데 지금 복면강도 앨범 폼 미쳤는데 최재성 혼자 나와서 싸움이 될까?

-나도 안 될 것 같음.

-ㅇㅇㅇ 나도.

-걍 싱글 하나 발매한 거 아님? 이건 유닛 앨범은 아닌 것 같은데?

-어쨌든.

사람들은 일주일 만에 또 다른 싱글을 발매한 세달백일의 이해할 수 없는 행보에 엄청난 버즈량을 보탰다.

입과 입을 통해서 세달백일의 행동이 전해졌다.

하지만 공통된 의견은 최재성이 감히 〈Stage Side A〉를 이길 수 없을 것 같다는 것이었다.

그러나 하루 만에 상황이 묘하게 돌아가기 시작했다.

최재성의 뮤직 비디오는 노래에 힘을 준 이이온, 구태환과는 좀 달랐다.

뉴 잭 스윙을 가미한 신스팝은 듣는 걸로 충분히 즐거운 곡이었다.

하지만 최재성은 여기에 보는 재미를 얹었다.

복고의 느낌.

LA의 뒷골목에서 찍은 뮤직비디오는 뉴 잭 스윙의 대가이자, 한국에서도 토끼춤으로 유명한 바비 브라운을 연상시켰다.

의상도 그랬고, 춤도 그랬다.

그러다 보니 뮤직비디오를 한 번이라도 시청한 이들이 다시 보고, 다시 보는 일이 반복 되었다.

-아니 미친 하루 종일 드롭 후렴구가 생각남ㅋㅋㅋㅋㅋ

-야 이거 춤 ㅈㄴ 유행할 거 같은데. 벌써 인싸들이 클

럽에서 따라하고 난리 났음.
　-춤 자체가 좀 쉬워보여서ㅋㅋㅋ
　-지금 클럽가면 이 노래 리믹스가 모든 DJ 타임에 거의 무조건 들어가 있음 ㅋㅋㅋ
　-최재성 너무 귀여워.
　-뮤비에서 좀 귀엽긴 하더라. 엄청 신나 보이던데.
　-State Of Mind에서는 좀비였잖아. 신날만함.
　-ㅋㅋㅋㅋㅋㅋㅋㅋㅋㅋㅋ

사람들이 중독된 것이었다.
덕분에 단 24시간 만에.

1- Drop(new)(hot)
2 - Separate(hot)
3 - 우리가 다른 곳을 본다면(hot)
4- 구애(hot)

　최재성의 Drop이 일간 차트의 최정상에 이름을 새겼다.
　그러나 이건 끝이 아니었다.

　-?!

-미친놈들인가...
-이것도 앨범이었다고?

Title : Stage Side B
Artist : 최재성
Track : 07

스테이지 사이드 B라는 타이틀을 가진 세달백일의 두 번째 유닛(솔로지만) 앨범이 발매되었다.

* * *

Title : Stage Side B
Artist : 최재성
Track : 07

Track List

01. Drop (Title)
02. Undercover Boss

03. 두 번씩 이름을
04. Do Dream
05. DmmHmmEmm
06. 난 여전해
07. Stage

* * *

2018년 1월 현재, Lil Nas X는 메인스트림에 데뷔하지 않은 가수다.

하지만 나는 그의 곡이나 마케팅 방법에서 많은 영감을 얻었는데, 특히 〈Old Town Road〉에 대한 공부를 많이 했었다.

당연한 일이다.

〈Old Town Road〉는 빌보드 19주 연속 1위를 달성한 기념비적인 곡이자, 숏폼이 음악과 연관될 수 있다는 건 증명한 곡이니까.

〈Old Town Road〉는 명백히 숏폼(틱톡) 때문에 성공한 곡이다.

이 노래 이후로 수많은 숏폼 스타들이 탄생했고, 잠깐의 유행일 줄 알았지만 2020년대를 관통하는 콘텐츠가 된다.

한국도 2020년대 이후로는 숏츠라던지 챌린지 같은 게 굉장히 유행했던 걸로 알고.

하지만 2018년대 현재는 숏 플랫폼이 존재하지 않는다.

아니 정확히 말하면 있긴 하다.

미국에서는 꽤 역사가 깊은 바인이 있고, 틱톡은 2017년 11월에 서비스를 시작했으니까.

하지만 그게 정말 플랫폼으로서 역할을 하냐면 아니었다.

아는 사람만 아는 콘텐츠 같은 느낌이다.

우리는 그걸 플랫폼이라고 부르지 않고.

말은 장황했지만, 내가 하고 싶은 말은 아직 숏폼의 시대는 오지 않았고, 난 굳이 숏폼의 시대를 열 생각이 없다는 것이었다.

시대의 흐름이 찾아올 때까지 기다릴 생각이었다.

특정 플랫폼의 선두 주자가 되는 건 좋은 점과 나쁜 점이 공존하는 일이니까.

내가 숏폼의 시대를 연다면 앞으로 세달백일의 이름 옆에는 숏폼의 이미지가 함께 포함될 거다.

내가 선호하는 것은 가장 빠른 후발 주자가 되는 것인데……

[Drop 춰 봤습니다!]
[Drop! Drop! Drop!]

어이없게도 그 선발 주자가 최재성이 될 것 같기도 하다.

기존에도 특정 노래가 유행하면 유명인들이 따라 추는 플래시 몹의 형태가 있긴 했지만, 그 느낌과는 다르다.

최재성의 Drop의 하이라이트 파트에서 가장 경쾌한 부분을 따라 춘 짧은 영상들이 SNS에 쏟아졌고, 그걸 묶음 편집해서 올리는 이들이 많아졌다.

〈Drop〉은 이번 생에 처음 만든 노래다.

나에게 큰 관심을 보이는 테크노의 거장 메리 존스와 몇 번 통화를 나눴는데, 그가 자신이 작업 중이던 곡을 들려준 적이 있었다.

아, 물론 내가 그걸 훔쳐서 썼다는 건 아니다.

메리 존스가 작업 중인 건 오히려 테크노의 색을 상당히 버린 곡이었으니까.

테크노의 정수만 남긴 채 다른 장르를 이식한 곡이라고 해야 할까?

메리 존스의 말에 따르면 내가 그의 곡에다가 클래식의 느낌을 섞는 걸 보고 시도했다고 했다.

난 거기서 영감을 얻었다.

뉴 잭 스윙을 가미한 신스 팝의 장르를 가져가면서 얼핏 듣기엔 테크노, 혹은 테크토닉의 느낌을 낸 것이었다.

말은 복잡하지만 작업 자체는 간단했다.

어차피 난 수많은 장르를 연구하고 공부한 사람이니까.

그리고 최재성이 그걸 찰떡같이 소화했다.

확실히 최재성은 댄스 장르에 잘 어울린다.

춤선이 시원시원하고, 호흡도 길고, 진심으로 즐기는 느낌이 있다.

그 결과……

"앗, 2등 오셨습니까."

"2, 3등이거든?"

"1등만 기억하는 세상 아닐까요?"

"……"

최재성이 이이온과 구태환을 놀리기 시작했다.

대중들은 내가 세달백일에 큰 애정이 없고, 매드 사이언티스트마냥 멤버들을 이용한다고 한다.

팀워크가 어찌 되든 말든 관심이 없다고.

하지만 다 틀린 말이다.

난 세달백일에 애정이 있고, 정말로 우리가 잘되면 좋겠다.

이번 생이 실패한다면 또다시 아이돌 그룹에 도전할 자신이 없을 정도로.

게다가 우리는 이런 걸로 팀워크가 조각 나는 그룹이 아니다.

최대호의 더럽고 추잡한 협잡질 속에서도 지켜 온 팀워크다.

팬 사인회를 멤버별로 나누는 걸로 티티가 걱정을 했던 걸로 알지만, 우린 아무 문제없었다.

이번도 마찬가지다.

최재성이 구태환과 이이온을 놀리고, 구태환과 이이온은 최재성의 성공을 흐뭇해한다.

그 모습을 보고 있는 나와 온새미로도 빨리 유닛을 내고 싶어 한다.

가끔 생각해 보면 신기하다.

내가 그렇게 기를 쓰고 멤버들을 모으고, 인재들을 스카우트 하러 다니고, 회사를 차려서 트레이닝을 할 때면 늘 향상심이 문제가 됐다.

빌보드로 가면 세달백일보다 월등한 재능을 지닌 가수들이 수두룩…….

아니, 지금 레벨이면 수두룩하진 않겠네.

다들 많이 잘해졌으니까.

하지만 못 찾을 것도 없다.

그러나 재능과 별개로 성공을 얻고 나서의 태도가 늘 나를 아프게 했다.

특히 프로듀서로 활동할 당시, 가수들에게 앨범을 독촉하는 시간이 작업을 하는 시간보다 길었다.

좋은 곡을 전부 준비해 놨고, 마케팅도 준비를 해 놨는데, 도무지 앨범을 내지 않는 이유를 알 수 없었으니까.

나중에 나와의 작업이 고돼서라는 이야기를 듣고는 나도 모르게 회귀를 해 버린 적도 있었다.

레코딩 작업이 길어 봐야 1달인데, 그거 때문에 앨범을 안 내려는 놈들과 2억 장을 노리는 것에 대한 회의감이 들어서.

하지만 다시 생각해 보면 그건 정말 나와의 작업이 힘들기 때문은 아니었을 거다.

그게 어려워서 피하고 싶은 놈들이었다면 앞선 작업 때도 최선을 다할 수 없었겠지.

그냥 벌어들인 돈과 얻은 인기와 명예를 누리고 싶은 거다.

더 나은 음악을 만드는 것보다 더 나은 삶을 영위하고 싶은 거다.

그게 나쁜 것도 아니고, 잘못된 것도 아니다.

하지만 내가 원하는 향상심은 그런 게 아니었기에 난 프로듀서로서의 삶을 포기했던 거다.

그래서 세달백일이 마음에 든다.

이들은 내가 안목을 발동해서 모은 이들도 아니고, 삶

의 방향성을 디렉팅하며 프로듀싱한 이들도 아니다.

각자 살아가는 길에서 우연히 만나게 된 이들.

그 교집합에서 탄생한 세달백일.

그런 이들이 어떻게 이런 향상심을 갖고 있을까?

"시온아, 뭐 해."

"응?"

"네 차례야."

"아."

온새미로의 말에 자리에서 일어났다.

이왕 이렇게 된 거 최재성을 좀 더 밀어줄 생각이라서, 〈Drop〉의 숏츠를 멤버별로 촬영하기로 했다.

세달백일 멤버들이 숙소 곳곳에 늘어져 있다가 Drop의 후렴구가 나오면 최재성과 함께 춤을 추는 식으로.

내 경우에는 작업실에 앉아서 음악을 만들다가 최재성과 함께 춤을 추는 시나리오다.

게다가 티티가 우리 숙소에 대해서 궁금해하는 걸 알고 있기에, 은근히 이것저것을 숏츠에 담기로 했고.

나 같은 경우는 딱히 좋아하는 캐릭터나 악세사리가 없어서 방이 좀 휑하긴 하다.

하지만 굳이 뭘 보태진 않았다.

연출한 모습이 필요할 때도 있지만, 있는 그대로의 모습을 보여 주는 것도 나쁘지 않으니까.

"어우, 이건 진짜 아니다."

근데 그건 내 생각이었나 보다.

멤버들이 내 방과 연결된 작업실에 들어오더니 독거노인 같다면서 자기들 방에 있는 뭔가를 마구 가져다줬다.

특히 첫 정산을 받고 난 뒤로 버킷리스트라며 값싸고 쓸데없어 보이는 뭔가를 마구 사들인 온새미로가 잔뜩 들고 왔다.

"이건 좀……."

"선물이야."

"그래도 좀……."

"시온이는 선물을 홀대하는 경향이 좀 있지."

"내가?"

구태환의 말에 고개를 갸웃했다.

구태환에게 받은 선물이라고 하면 생일 때 받은 가습기인데, 그건 아주 잘 사용했다.

센스 있는 선물이었지.

"아, 일단 시간 없으니까."

그렇게 멤버들이 덕지덕지 뭔가를 가져다놓은 방안에서 촬영이 시작되었다.

13초밖에 되지 않는 영상이지만 몇 번이나 리테이크를 해 가며 최선을 다해 찍었고, 결과물은 마음에 들었다.

* * *

세달백일의 유투브 오피셜 채널에 〈Drop〉의 쇼츠 영상이 올라오자, 티티가 몰려들었다.

처음엔 20초분도 되지 않는 영상들이 올라오는 거에 당황했지만, 보다 보니 재미가 있다.

그리고 은근히 핥고 분석할 만한 구석이 많았다.

-아니 각자 춤 선 다른 거 봐ㅎㅎ
-시온이는 꼭 박자를 한 번 더 쪼개더라.
-춤보니까 재성이랑 태환이 조합도 괜찮았을 듯.
-나중에는 멤버들이 Drop 커버한 것도 올려 주면 좋겠다.
-요즘 인싸 픽 돼 가지고 이 노래 거리에서 엄청 들려;
-난 춤 선보다 악세사리에 더 눈이 들어와.
-22222 지난번부터 느꼈는데 새미로 취향은 소나무인 듯.
-근데 가만히 보면 시온이 방에도 저 캐릭터 있다?
-새미로가 줬나?
-뭐야. 우리 애들 사이좋잖아? 누가 복면강도랑 재성이랑 눈치 싸움 중이라고 했냐ㅋㅋ
-딱 봐도 연출이지 뭐ㅋㅋ 저런 걸 믿냐?

-연출은 누가 시켰는데? 회사도 없고 멤버들이 전부 결정하는데ㅋ

-ㅋㅋㅋㅋㅋㅋㅋㅋ사이가 안 좋으니까 사이가 좋은 척 하려고 사이가 좋아 보이는 영상을 찍었고 사실은 사이가 안 좋은 그룹이란 게 너가 말하고 싶은 거야?ㅎㅎㅎ

-ㅋㅋㅋㅋㅋㅋㅋㅋㅋㅋ

세달백일의 팬덤이 멤버들의 케미나 캐릭터에 집중한 것과 다르게, 일반 대중들은 보다 큰 그림에 집중했다.

-야 이러면 온새미로랑 한시온 유닛도 나오는 거냐?

-캬. 가슴이 웅장해진다. 마싱 명예 졸업자랑 힙시온의 조합이라고?

-ㅈㄴ 쎌 듯ㅋㅋㅋㅋ

-복면강도 〉 최재성 〉 시온새미로냐

-근데 이건 좀 억까인 듯ㅋㅋㅋ 발매 순서의 문제 아니겠음? 최재성이 먼저 나오고 복면강도가 나왔으면 순위 반대였을 듯.

-근데 힙시온이랑 온새미로가 유닛으로 안 나오고 솔로로 나올 수도 있잖아.

-솔로 두 개?

-ㅇㅇㅇㅇㅇ

-ㄴㄴㄴ 왠지 유닛일 것 같음. 주구장창 외쳤던 2 + 2 + 1이라는 게 둘, 둘, 하나로 나오는 유닛이란 뜻 같음.
-!!!!!!!!
-오 이거다.
-올려올려
-근데 그럼 2집 앨범은 어떻게 되는 거임? 분명 셀프 메이드에서 세달백일 정규 2집 앨범 준비하고 있었는데.
-그러게.

 대중들이 세달백일의 행보에 충분한 호기심을 보이는 와중에도 복면강도와 최재성의 미니앨범은 고공 행진을 이어 갔다.
 수록곡들의 평균 순위를 보면 복면강도가 훨씬 높았다.
 복면 강도는 발매 2주차에 접어들고, 최재성이 등장하면서 전체 순위가 좀 밀리긴 했지만, 여전히 톱 10에 4곡이나 집어넣고 있었다.
 특히 타이틀이 아니었던 〈우리가 같은 곳을 본다면〉은 꾸역꾸역 순위를 유지하더니 2등에 박혀 버렸다.
 트렌드 수준으로 선풍적인 인기를 끌기 시작한 〈Drop〉의 말도 안 되는 지표가 아니었다면 분명히 1등을 했을 곡이었다.

-서머 크림도 그렇고. 세달백일 앨범에는 꼭 활동 곡이나 타이틀이 아닌데도 ㅈㄴ 좋은 곡이 있음.
-ㅇㅇㅇㅇ 맞음. 수록곡이라고 해서 힘 빼는 느낌이 전혀 없음. 뭐에다가 타이틀 표시 가져다 박아도 안 이상함.
-앨범 살 맛이 난다는 거지.
-2집 앨범 나오면 좋겠는데. 유닛이 끝이려나?
-우같곳 ㅈㄴ 좋아. 진짜 내가 올해 들은 곡 중에 제일 좋음.
-올해 한 달밖에 안 지났음.
-아 맞네.

그렇다고 최재성의 앨범 〈Stage Side B〉가 약한 것도 아니었다.
〈Drop〉이 패션에서 복고 트렌드를 불러올 것 같은 냄새를 풀풀 풍기고 있었고, 수록 곡들도 톱 10에 3곡이나 들어갔다.
게다가 EDM 쪽에서 스테디셀링의 느낌이 나오고 있었다.
전자음악계는 신곡이 많이 발매되는 곳이 아니었기에 좋은 노래가 하나 나오면 십수 년은 사용되었다.
한데, 〈Stage Side B〉의 수록곡들은 범용성이 너무 넓다.

-한시온 미친놈인가; 트랙에 사용된 표현 방식들이 진짜 시대를 초월했음.
-와 진짜 쟤는 독학으로 배운 게 맞나 싶을 때가 너무 많음.
-재능이 개부럽다.

그래서 현직 작곡가들이나 DJ들이 모이는 단톡방에는 한시온의 재능에 대한 부러움이 굉장히 많이 표현되고 있었다.

어찌됐든 사람들은 복면강도와 최재성의 곡에 박수를 보냈고, 세달백일이란 그룹에게도 박수를 보냈다.

유닛으로 발매된 곡임에도 다들 Side A와 Side B가 '세달백일'의 곡이라고 생각하는 것이었다.

-그래서 Side A, B가 뭔 뜻임?
-모름ㅋㅋㅋㅋㅋㅋ
-생각보다 이 이야기는 별로 없더라.
-오늘 나오지 않을까? 셀프 메이드 찐막화가 오늘인데.

그랬다.
오늘은 셀프 메이드의 마지막 편인 에필로그가 방송되

는 날이었다.

* * *

어이없는 이야기지만, 셀프 메이드는 세달백일에게 먹혔다.

사람들은 더 이상 셀프 메이드에서 세달백일이 뭔가를 했다고 표현하지 않는다.

반대로, 세달백일이 셀프 메이드에서 뭔가를 한 거다.

이건 꽤 큰 인식의 차이가 있었다.

본래라면 세달백일이 셀프 메이드에서 음반 작업을 하고 있는 건 꽤 이상한 일이었다.

예능 프로그램이 아니던가?

-아니 근데 셀프 메이드 이런 프로그램 아니지 않았냐? 왜 외국에서 주구장창 앨범 작업만 하고 있냐ㅋㅋㅋㅋ

그러니 이러한 반응은 합당한 것이었다.

그러나 시청자들의 반응은 아니었다.

-뭐가 아니야ㅋㅋㅋ 원래 세달백일이 셀프로 메이드

하는 프로그램인데.
 -ㅇㅇ 시즌1에서는 무명으로 셀프 메이드한 거고, 시즌2에서는 세달백일이 셀프 메이드 하는 거지 뭐.

 셀프 메이드의 내용이 바뀐 것에 딱히 이상함을 느끼지 못하는 것이었다.
 이는 세달백일이란 콘텐츠가 셀프 메이드보다 더 크기에 생겨난 일이었다.
 또한 강석우 피디가 노련하기에 생겨난 일이었다.
 강석우 피디는 엠쇼와 세달백일의 협의로 〈셀프 메이드〉란 프로그램의 성격이 변질됐다는 걸 알고 있었다.
 하지만 그렇기 때문에 더더욱 재미가 중요하다고 생각했다.
 프로그램의 성격이나 의도는 바뀌어도 상관없다.
 하지만 재미가 떨어지면 안 된다.

 -ㅋㅋㅋㅋㅋㅋㅋㅋㅋㅋㅋㅋ아니 나만 이이온 웃기냐ㅋㅋㅋㅋㅋㅋ
 -영어는 못하는데 스페인어에 재능 있는 게 개웃김ㅋㅋㅋㅋ
 -ㅋㅋㅋㅋㅋㅋㅋㅋ이온이는 동생들 앞에서 근엄한 척하다가 무너지는 게 존맛탱임ㅋㅋㅋㅋㅋㅋ

─놀라운 건 아무도 근엄하게 보지 않는다는 거.
─ㅋㅋㅋㅋㅋㅋㅋㅋㅋㅋㅋㅋ

앨범 작업이 메인 줄기가 되었음에도 분량 자체는 세달 백일 멤버들의 미국 유랑기가 더 많았다.
크리스 에드워드가 떠난 뒤에는 멀지 않은 곳에 있던 얀코스 그린우드가 그들의 호텔로 방문하는 에피소드도 있었다.

─언제 한번 팝재즈 앨범도 내 달라고. 기대하고 있을 테니까.

얀코스 그린우드는 세달백일 멤버들에게 조언도 해 주고, 한시온과 깊은 대화도 나누고, 할리우드의 아트 팀도 소개해 줬다.

─아낌없이 주는 나무옹....
─나 솔직히 이 형 잘 모르는데 ㅈㄴ 멋있는 사람 같음ㅋㅋㅋ
─성공한 사람 특유의 넉넉함이 몸에 배어 있는 듯.

이윽고 아트 팀과 뮤직비디오를 찍는 장면이 나왔다.

현재 시청자들이 익히 알고 있는 유닛 복면강도와 최재성의 그것이었다.

한시온과 온새미로의 촬영 장면도 나오면서 두 사람의 유닛 앨범 또한 오피셜로 공개되었고.

다만 시청자들이 궁금한 것은, 세달백일 멤버들이 유닛을 촬영을 너무 당연시하게 여긴다는 것이었다.

그리고.

[왠지 2집 앨범 대박 날 것 같지 않아요?]
[대박이란 단어를 입에 담으면 안 된다던데?]
[누가요?]
[방송가에서는 그런 말을 하면 재수 없다고 여긴대.]
[괜찮아요. 여긴 미국이잖아요. 미신의 국적이 다를 거예요.]
[오……?]

멤버들이 나누는 대화의 주어가 어쩐지 '유닛 앨범'이 아니라 '2집 앨범'인 것 같다는 것이었다.

-ㅈㄴ 헷갈리네ㅋㅋㅋㅋㅋ
-속 시원하게 누가 안 물어봐 주나.

시청자들의 염원을 들은 건 아니겠지만, 강석우 피디가 쉬고 있는 한시온에게 똑같은 질문을 던졌다.

 이건 연출된 장면이 아니었다.

 실제로도 당시의 강석우 피디는 세달백일이 대체 2집 앨범을 '어떤 방식'으로 준비하고 있는지 모르고 있었으니까.

 [한시온 씨.]
 [네?]
 [지금 촬영하는 게 유닛 앨범인 거예요, 세달백일 앨범인 거예요?]
 [그건 셀프 메이드 방송이 끝날 때쯤 자연스럽게 알게 될 거예요.]
 [그래도 귀띔 좀 해 줘요.]
 [유닛이면서 2집 앨범이라는 게 한계인 것 같네요.]

 ―아, 나 알았다. 와. 드디어 알아써.
 ―뭘?
 ―2+2+1 = 2. 이거.
 ―뭔데?
 ―한시온이 잘 안 해서 그렇지 샘플링도 ㅈㄴ 잘하는 것 같단 말이지? 1집 앨범에서도 샘플링 기법이 절묘하

게 쓰이기도 했고.
-샘플링이 뭐임?
-다른 곡에서 소스를 가져와서 변형시켜서 곡으로 만드는 거임. 저작권이 완벽히 클리어된 경우에는 변형을 안 시켜도 되고.
-고마워요 스피드 웨건.
-아무튼 그래서 뭐?
-2인 유닛, 2인 유닛, 1인 유닛의 앨범을 샘플링해서 만드는 게 세달백일 2집 앨범 아닐까?
-오?
-그럴 듯한데?
-근데 그러면 ㅈㄴ 지저분한 거 아님?
-힙시온이 그렇게 두겠냐.
-신빙성이 있어.
-설마 성지 순례 각이냐?

그 뒤로도 2집 앨범에 대한 썰은 조금씩 풀렸다.
하지만 여전히 알쏭달쏭한 부분이 많았다.
그렇게 방송 상, 미국에서 보내는 마지막 날이 되었다.
세달백일 멤버들은 이른 아침부터 그들이 머물던 호텔 주변을 돌아다니며 이런저런 사람들을 어딘가로 초대했다.

알고 보니 마지막 날에 요트를 빌려서 선상 파티를 할 예정인데, 한 달 넘게 머물며 인연을 쌓은 이들을 초대한 것이었다.

 함께 버스킹을 했던 가수들도 있었고, 멤버들이 맛있다며 주구장창 방문한 멕시칸 음식집의 사장님도 있었다.

 그렇게 한차례 즐거운 파티가 끝나고, 손님들이 떠나고 항구에 정박한 요트.

 거기 앉아서 세달백일 멤버들은 이런저런 대화를 나눴다.

 [10년쯤 뒤에 뭘 하고 있었으면 좋겠어?]
 [군대 전역.]
 [야……..]

 처음엔 농담 삼아 이런저런 말들이 오가다가, 세달백일 멤버들이 속내를 드러냈다.

 방송에서는 그들이 가수로서 이룰 수 있는 목적이나 명예에 대한 이야기만 나왔지만, 실제로는 그보다 훨씬 많은 대화가 있었다.

 온새미로는 10년쯤 뒤에는 부모님에게 휘둘리지 않는 독립적인 사람이 되고 싶다고 했다.

 라이언 엔터와 손을 잡았던 지난번의 사건 이후로 온새

미로의 부모는 살짝 위축이 되어 있었다.

한시온의 태도나 일처리가 너무 강경했기 때문에 당황스러운 부분도 많았고.

하지만 그들은 여전히 자신들이 가진 가장 귀한 보물에 대한 욕심을 버리지 못했다.

그리고 좋은 사람인척, 온새미로의 터울 안으로 들어오려고 노력 중이었다.

한시온은 그걸 알고 있었고, 온새미로에게 조언도 해 줬지만, 온새미로는 스스로 해결하길 원했다.

영원히 한시온의 도움을 받을 수는 없는 노릇이니까.

구태환과 이이온은 크게 바라는 게 없었다.

정확히 말하자면 바라는 건 있지만, 그게 남들과 비교했을 때 특별한 것은 아니었다.

오히려 그동안 과거에 대한 내색을 하지 않았던 최재성이 속내를 슬쩍 꺼내기도 했다.

"저는 사랑받지 못하고 자랐거든요. 부모님이 기대할 만큼의 재능이 없어서."

"뭐……. 그게 이유의 전부는 아니었지만, 아무튼 그랬어요."

한시온은 최대호가 공격할 당시 최재성의 배경을 조사한 적이 있었지만, 내밀한 부분까지는 파고들지 않았다.

그가 최재성의 배경을 조사한 것은 보호를 위해서였

고, 최재성의 배경을 조사하다가 깨달은 것이었다.

최재성의 배경은 만만치 않은 것이라서 최대호가 선을 넘어서 공격하지 않을 것이라는 걸.

그때쯤 깔끔하게 조사를 멈췄기에 개인사까지는 정확히 알지 못했다.

어느 정도 짐작은 하고 있었지만 굳이 캐묻지 않았고, 최재성도 말을 하고 싶지 않아 하는 듯했다.

겉에서 보기에는 세달백일 멤버들 중 최재성이 가장 구김살 없고, 무던한 사람처럼 보인다.

처음 만나는 사람에게 스스럼없이 농담을 하는 것도 그렇고, 세달백일 멤버들 사이에서도 교류를 이끌기도 하고.

하지만 한시온은 그건 최재성의 본성이라기보다는 만들어진 인성이라고 생각했다.

최재성은 사회적 눈치가 굉장히 빠른 사람인데, 어린 나이에 그런 능력이 자라나는 경우는 딱 하나밖에 없다.

눈치를 보지 않으면 살아갈 수 없는 환경이었던 거다.

그러니 사실 최재성은 세달백일에서 가장 방어기제가 두터운 사람이었으며, 아직도 멤버들에게 자신의 과거에 대한 이야기를 한 적이 없었다.

그건 이번에도 마찬가지였고.

하지만 운이라도 뗀 것과 떼지 않은 건 달랐다.

그리고.

[그래서 10년 뒤에도 사람들에게 사랑받고 있으면 좋겠어요. 지금보다 더.]

방송에는 자세한 이야기 대신 이런 멘트만 나왔지만, 최재성의 말은 진심이었다.
마지막으로 방송에 나온 한시온의 말은 간단했다.

[나야 뭐, 앨범 판매 2억 장이지.]

세달백일 멤버들은 여러 번 들었던 말이지만, 시청자들은 아니었다.

-2억 장이 목표라는 거임?
-뭐임 저 구체적인 수치는?
-세달백일 페이스면 2억 장이 그렇게까지 어렵진 않을걸? RIAA 기준으로 디지털 싱글이랑 미니 앨범이랑 다 집계해 주니까.
-혹시 부모님이랑 관련된 목표인가?
-헐; 맞는 듯.

사람들은 진실을 추측하기도 했고, 거짓을 추측하기도 했다.

하지만 상관없었다.

그렇게 요트에서 별이 꽉 찬 밤하늘을 바라보며 에필로그가 마무리되는 듯했으나……

끝은 아니었다.

화면이 전환되며 노을이 가득한 요트에서 노래를 부르는 한시온과 온새미로의 모습이 나온 것이었다.

마지막 유닛 앨범에 대한 힌트였다.

-오 역시 나오는군.
-ㅋㅋㅋㅋㅋㅋㅋㅋㅋㅋ복면강도도 ㅈㄴ 쎘고, 최재성도 ㅈㄴ 쎘는데, 이건 또 얼마나 쎌지 모르겠네.
-힙시온쉑 맨 마지막으로 내는 거 보라.
-처음에 내는 게 더 잔인하지 않을까?
-아 그런가?

그때 한시온이 손에 쥐고 있던 기타를 연주하기 시작했다.

기타와 피아노가 그토록 오랫동안 사람들에게 사랑을 받는 이유는 간단했다.

홀로 완성될 수 있기 때문이었다.

한시온은 기타 한 대와 보컬 두 명이면 세상을 놀라게 할 수 있었다.

온새미로는 아직 재능이 만개하진 않았지만, 그래도 꽤 좋은 소리를 낼 줄 아는 보컬이다.

게다가 한시온이 뭘 시키든지 따라오려고 이를 악무는 친구다.

그렇게 노래가 시작되었다.

제목은 〈막이 내리면〉이었다.

세상에 남은 게 없다면
그건 거짓말일 거야
남은 게 없다는 말이
남아 있으니까

통기타의 연주에 맞춰 온새미로의 노래가 시작되자, 시청자들이 노래에 집중하기 시작했다.

작곡가로서 한시온의 재능이 대단한 부분은 처음 듣는 노래에 자연스럽게 생기는 거부감이 없다는 것이었다.

물론 그걸 없애기 위해서 한시온이 이런저런 장치를 쓴다는 걸 다들 알고 있다.

구태환의 도입부를 내세운다든가, 비트를 듣자마자 확 몰입시킨다든가.

하지만 이번에는 아니지 않은가?

무던한 통기타 연주에서 무던한 노래가 시작되었다.

그 수준이 높다는 건 알아도, 이렇게까지 좋을 이유는 없지 않나?

사람들은 그런 생각을 하면서도 노래에 집중했다.

내가 떠난 세계가
텅 빈다면
그건 오히려 날
편하게 만들어 줄 거야

〈막이 내리면〉은 한시온에게 있어서 굉장히 의미가 깊은 노래였다.

어쩌다보니 드롭 아웃에게 가버린 〈Selfish〉가 Hot 100 1위를 겨냥하는 노래라면, 이 노래는 그런 게 아니다.

한시온이 가장 좋아하는 노래였고, 가장 많이 부른 노래였고, 가장 오랫동안 간직한 노래였다.

〈막이 내리면〉은 그의 회귀를 의미하는 노래니까.

원곡은 영어 버전이지만, 한국어로 만든 버전도 있는.

기타가 고조를 올리듯이 치고 올라갔고, 온새미로의 목소리가 톤을 형성했다.

일정 수준 이상의 보컬이 되면 목소리로 톤을 형성할

수 있다.

설명이 어려운 부분이긴 하나, 대중들이 '이 음역대에서는 이 목소리가 최고야'라는 막연한 감상을 갖는다는 것이었다.

그렇게 온새미로가 만들어 낸 톤으로 한시온의 목소리가 뛰어들어 멜로디를 찢어발겼다.

갑자기 치고 올라간 고음이 사람들의 몰입도를 일순간 확 끌어올렸다.

처음 커밍업 넥스트의 신인 개발팀과 오디션을 볼 때도 그랬지만, 이게 한시온이 가장 잘하는 것이었다.

예상을 깨는 것.

음악은 인류와 아주 오랫동안 함께한 것이고, 상업 예술도 마찬가지다.

심지어 음악에 대한 조예가 없는 대중들에게 머니 코드로 배열을 맞춘 소리를 몇 개 쥐어 주면, 연결해서 꽤 그럴듯한 멜로디도 만들어 낼 수 있다.

너무 많이 들은 소리기 때문이었다.

한시온은 대중들에게 익숙한 소리를 주다가 그걸 확 찢어 버리고 피크를 올렸다가, 다시 익숙함으로 돌아가는 데 능숙했다.

너무나 많은 곡을 만들어 온 한시온에게 작곡론이란 더 이상 존재하지 않았지만, 이게 그가 가장 좋아하는 방식이었다.

 하지만 이번엔 더 재밌었다.

 익숙함을 주는 건 온새미로고, 낯섦으로 전환하는 건 한시온이다.

 그 긴장감 사이에서 불편함이 느껴지지 않는 건, 두 사람이 아름다운 소리를 냈기 때문이었다.

널 위해 적은 소리가
남아 있다면
그 소리가 너에게 닿으면
얼마나 좋을까

 〈막이 내리면〉을 얼핏 보면 어쩔 수 없이 연인을 떠난 이가 남기는 말 같다.

 하지만 실제로는 회귀 이후의 세계에 대한 한시온의 감상을 담고 있었다.

 작곡, 믹싱, 마스터링, 디렉팅을 전부 다 할 줄 아는 한시온이 유일하게 하지 않는 게 있다면 작사였다.

 아예 하지 못하는 건 아니지만, 작사를 즐겨 하진 않는다.

 그가 지금껏 세달백일과 함께 부른 노래들의 가사는 대부분 전문 작사가와 함께 만든 걸 외워 둔 것이었다.

〈Colorful Struggle〉같이 한시온이 메인이 돼서 쓴 곡도 있긴 하지만, 그럼에도 전문 작사가의 손을 타긴 했다.

하지만 이 곡은 아니었다.

순수하게, 그리고 온전히 자신이 써 내려간 곡이다.

솔직히 한시온 입장에서는 좀 당황스러운 일이기도 했다.

'내가 이 노래를 남이랑 부를 생각을 하다니.'

아예 부르지 않거나, 혼자 부르거나.

둘 중 하나의 선택지밖에 없는 곡이었지만 세달백일 2집 앨범을 작업하면서 이 노래가 어울릴 거라는 생각이 들었다.

그래서 온새미로와 함께 부르고 있었고.

그사이 노래가 다시 침잠했고, 온새미로가 듣기 좋은 톤을 형성했다.

형성되고, 찢기기를 반복하는 노래가 주는 것은 카타르시스였다.

두 보컬이 형성하는 고음역대가 통기타 사운드를 타고 쏟아진다.

〈막이 내리면〉은 시티 팝과 포크 록의 느낌을 섞은 곡이었다.

하지만 보다 정확히 장르를 정의하자면 언플러그드 록

일 것이었다.

전자음을 전혀 쓰지 않고, 본연의 악기 소리로 만들어 내는 트랙.

80년대의 노래 같은 느낌이 강하지만, 막상 그 안에 쓰인 멜로디는 굉장히 세련된.

그런 곡이었다.

그렇게 노래가 끝이 났다.

* * *

한시온과 온새미로의 노래가 끝남과 동시에 Self Made 역시 끝이 났다.

〈그동안 시청해 주셔서 감사합니다〉라는, 종영을 알리는 자막이 떠올랐으니까.

하지만 시청자들은 TV에서 눈을 떼지 않았다.

깊은 여운이 남아서 그런 건 아니었고……

"엥?"

한시온이 다시 한번 화면에 등장했기 때문이었다.

씩 웃은 한시온이 턴테이블(LP를 재생하는 장치)을 매만지자, 화면이 휙 움직이며 턴테이블 위를 보여 준다.

턴테이블에는 3개의 LP 판이 있었는데, LP 판의 색감과 모양이 익숙하다.

크기가 다른 딥블루 색의 LP 판 세 개가 겹쳐져 있는 것이었다.

자세히 보니 위에서 보면 겹쳐져 있지만, 옆에서 보면 높낮이가 다르게 3개를 배치한 것이었다.

이게 의미하는 바는 너무 익숙한 것이었다.

세달백일의 유투브 채널을 한 번이라도 들어가 본 사람은 알 수 있는 그들의 심볼이다.

딥블루 색의 원 3개가 겹쳐져 있는.

그 순간, 가장 왼쪽에 있는 LP판이 돌아가기 시작했다.

익숙한 음악의 전주가 흘러나왔다.

복면강도가 발매한 유닛 앨범 〈Stage Side A〉의 1번 트랙이자 타이틀 곡인 〈Separate〉.

벌써 R&B의 골수 팬들이 한국에서 발매된 모든 R&B 중에서 최고로 평가하고 있는 그 곡이었다.

다만, 귀가 좋은 사람이라면 지금 나오는 곡이 원곡과 묘하게 다르다는 걸 느낄 수도 있을 것이었다.

BPM이 묘하게 달랐으며, 사운드 질감도 달랐다.

좋은 쪽이 아니라, 나쁜 쪽이었다.

리듬 앤 블루스의 특유의 업앤 다운이 희미해졌고, 한시온이 주구장창 강조하는 음압, 피아노로 따지자면 벨로시티가 약해져 있었다.

원곡을 알고 있는 이들에게는 원곡의 그림자가 있으니

별생각이 없었지만, 원곡을 모르는 이들이 듣기에는 좀 심심한 레벨이었다.

그때 〈Separate〉가 뚝 끊기더니, 한시온이 또 다른 LP판을 재생했다.

이번엔 최재성의 유닛 앨범이었던 〈Stage Side B〉의 1번 트랙이었다.

현재 어마어마한 인기를 구가하고 있으며, 트렌드 지수와 화제성 지수를 괴물처럼 먹어치우고 있는 〈Drop〉이었다.

그러나 변화가 있는 건 이번에도 마찬가지였다.

뉴 잭 스윙이 뼈대를 형성한 신스 팝이 바람 빠진 풍선처럼 들린다.

둠칫둠칫하는 사운드가 주는 쾌감이 사라지고, 그냥저냥 들어 줄 만한 일렉트로닉 팝이 된다.

5초가량 재생되던 곡이 뚝 멈추고, 마지막 LP 판이 돌아간다.

셀프 메이드의 엔딩과 함께 음원 사이트에 공개된 〈Stage Side C〉.

한시온과 온새미로의 유닛 앨범.

그 곡의 1번 트랙이자, 불과 몇 초 전에 방송을 탔던 〈막이 내리면〉이었다.

이번 곡도 변화가 있었지만, 방향이 좀 달랐다.

기타 리프의 소리가 더 강해지고, BPM이 빨라졌다.
영롱한 기타 소리보다는 호쾌한 기타 소리에 가깝고, 포크 록 특유의 느낌보다 훨씬 더 세련된 사운드를 낸다.
세달백일을 좋아하든, 싫어하든.
한시온을 좋아하든, 싫어하든.
사람들은 대체 이게 무슨 영상인지 몰라서 집중했다.
그때 한시온이 씩 웃으며 입을 열었다.

[STAGE.]

딱 한 단어였다.
이윽고 한시온이 LP 판을 돌린다.
앞선 것처럼 하나씩 돌리는 게 아니었다.
3개를 한 번에 돌린다.
그러자…….

♬ ♪ ♩ ♪ ♪ ♩ ♪

음악이 흘러나온다.
〈Drop〉에 뼈대를 형성했던 뉴 잭 스윙의 리듬 대신, 〈막이 내리면〉의 기타 리프가 뼈대를 형성한다.
그럼에도 불구하고 신스 팝 특유의 통통 튀는 드럼 라

인은 여전했다.

 그 뒤를 복면강도의 〈Separate〉에 담긴 리듬 앤 블루스의 리듬이 백 사운드를 형성한다.

 힘이 약해진 것처럼 들리던 세 개의 곡이 섞여서 완벽히 조화로운 사운드를 만들어 낸다.

 장르를 대체 뭐라고 불러야 할지 모르겠다.

 R&B도 들어가 있고, 신스 팝도 들어가 있고, 언플러그드 포크송의 기타 리프도 들어가 있다.

 그 모든 게 섞여서 일렉트로닉 하우스 같기도 하고, 힙합 사운드 같기도 한 어떤 강렬한 사운드가 만들어진다.

 하지만 대중들은 장르 구분에 크게 구애받지 않는다.

 중요한 건 음악이 좋느냐 나쁘냐다.

 그리고 이건…….

–야!!!!!!! 미친!!!!!

좋았다.
다른 그 모든 게 필요 없이 좋았다.
그 음악과 함께 자막이 떠오른다.

[2+2+1 = ?]
[세달백일 정규 2집 STAGE]

[2018. 2. 18]
[Coming Soon]

그랬다.
셀프 메이드가 끝나고 방영된 영상은 앨범 발매 광고였다.
한때는 TV 광고로 앨범을 홍보하던 시절도 있었지만 이제는 여러 이유로 사장된 방법.
그게 엠쇼와 손을 잡은 세달백일을 통해서 부활했다.

* * *

-와 미친ㅋㅋㅋㅋㅋㅋㅋ
-그러니까 유닛 앨범을 3개를 섞으면 다른 곡이 튀어나온다는 거잖음ㅋㅋㅋㅋㅋㅋㅋㅋ
-엥 1번 트랙만 합치면 그런 거 아냐?
-ㄴㄴㄴ 유튜브 인급동 가 봐. 음악 유튜버가 실험하고 기함하는 영상 있음.
-ㅈㄴ 어이없는 건 뭘 어떻게 섞어도 꽤 괜찮은 사운드가 나옴.
-복면강도 2번 트랙이랑 최재성 3번 트랙이랑 온앤온 4번 트랙이랑 섞은 거 지림;

-아니 이게 가능한 일인가?

-이게 손을 좀 대긴 해야 한다고 하더라. 3개 다 섞으면 음압이 너무 쎄서 시끄러우니까 덜어 내는 게 필요하대. 유투버가 막상 2집 앨범이 어떻게 나올지는 모르겠다고 하던데.

-Side A, B, C를 섞으면 본체가 나온다고? 이게 완전 변신합체로봇 아니냐?

-와 어쩐지 모든 유닛 앨범의 마지막 트랙 이름이 STAGE더라.

-그게 타이틀 곡이려나?

-ㅇㅇㅇㅇㅇㅇ 지금 유투버들이 온갖 노력을 하면서 심혈을 기울여서 곡을 추론하고 있음.

-들어 줄 만한 조합이 30개가 넘음ㅋㅋㅋㅋㅋ

-ㅁㅊㅋㅋㅋㅋㅋ

-와 힙시온 그 자체다.

-아니 근데 Side C 존나 좋지 않음? 이게 앨범 발매 예고 때문에 묻혔는데, 온앤온 유닛 앨범 진짜 존나 좋음.

-2222 이거 지금 이태원 라운지 펍 가면 맨날 나옴. 외국 노래만 트는 곳에서도 나오더라.

-외국인들이 무슨 노래냐고 물어보는데 설명을 못해 줬음.

-왜? 세달백일이란 팀이 2집 앨범을 준비하는데 그걸

유닛 앨범 3개로 쪼개서 발매하는... ㅅㅂ 설명이 안 되네.

-그치ㅋㅋㅋㅋㅋㅋㅋㅋㅋㅋㅋ

-통기타 하나로 나온 앨범이 2018년대에 먹히다니; 심지어 그게 힙하게 들리다니;

-원래 올드 스쿨이 뉴 스쿨이라고.

-야 근데 진짜 힙시온이긴 하다. 사람들이 한시온 음악 욕심 때문에 앨범을 유닛으로 쪼개는 게 말이 되냐고 난리 피울 때도 웃고만 있었겠네.

-ㅇㅇㅇ힙시온은 웃고 있다

-게다가 앨범 발매 예고에 묻힐까 봐 자기 유닛 앨범을 젤 마지막에 내는 판단. 참리더 아닙니까?

-근데 안묻혔음ㅋㅋㅋ 온앤온 노래 뒤지게 잘하더라.

-나중에 이이온, 한시온, 온새미로 유닛 나오면 온앤온앤온이냐.

-이 새끼들 네이밍 센스라면 충분히 가능함.

-ㅋㅋㅋㅋ신이 전부 주진 않나 봐.

-복면강도, 최재성, 온앤온ㅋㅋㅋㅋㅋㅋㅋ 구리긴 함.

셀프 메이드의 방영과 함께 엠쇼에서 세달백일 정규 2집 앨범의 TV 광고가 쏟아지기 시작했다.

누군가는 대체 세달백일이 돈을 얼마나 쓴 거냐고 놀랐

지만, 이 광고는 무료다.

엠쇼가 명백히 세달백일과 손을 잡으면서 제안한 것 중 하나였으니까.

물론 셀프 메이드가 끝나자마자 나온 60초짜리 영상으로 광고가 되는 건 아니고, TV에 맞춘 15초짜리 버전으로 배포되었다.

하지만 뭐가 됐든 사람들의 입과 입을 통해서 전해지고 있었다.

세달백일의 정규 2집 앨범의 소식이.

그러면서도 한시온과 온새미로가 발매한 〈Stage Side C〉는······.

1- 막이 내리면(new)(hot)
2 - 잘못이 맞아?(new)(hot)
3 - Drop(hot)
4- 같은 곳(new)(hot)

음원 차트에 이름을 때려 넣었다.

순간적인 버즈량이 어마어마할 텐데도 3위를 지키고 있는 최재성의 〈Drop〉이 대단해 보일 지경이었다.

이쯤 되니 대한민국의 기획사들은 어이가 없을 지경이었다.

"아니, 세상에 가수가 지들밖에 없나…….."
"상도덕이……. 상도덕이…….."
벌써 3주째다.
차트의 Top 10 안에 세달백일 멤버들의 이름이 별자리처럼 수놓인 게.
복면강도의 힘이 좀 빠지려고 하면 최재성이 나왔고, 최재성의 힘이 좀 빠지려고 하면 한시온이 나왔다.
그러자 어이없게도 다시 복면강도의 음원들이 슬금슬금 고개를 든다.
이 모든 게 합쳐져서 정규 2집 앨범이 된다는 소식 때문이었다.
유닛 앨범의 힘이 다 빠질 때쯤이면 뭐가 나오겠는가?
정규 2집 〈Stage〉가 나온다.
"하……. 일하기 힘들다."
"홍보팀장님 탈모약 먹더라……."
"대표님은 위장약 드셔……."
한마디로, 세달백일 강점기였다.

* * *

인터뷰 요청이 미친 듯이 쏟아지고, 연락이 어마어마하게 온다.

티티도 공홈에 물어본다.

대체 내가 무슨 마법을 부린 거냐고.

보통의 경우라면 내가 대수롭지 않게 벌인 일들에 사람들이 기함을 하지만, 이번은 다르다.

이번엔 나도 내가 마법 같은 일을 한다고 생각했으니까.

하지만 원리를 뜯어보면 사실 별건 아니다.

우선 세달백일 정규 2집 〈Stage〉의 트랙들을 만들었다.

내가 만든 트랙은 총 12개다.

다음으로 이걸 해체한다.

메인 멜로디, 서브 멜로디, 백 사운드, 고스트 노트.

메인 악기의 톤과 매너, 리듬, 드럼 루프, 강조된 사운드와 강조되지 않은 사운드.

이 모든 걸 마치 퍼즐처럼 풀어놓는다.

다음으로 그것만 가지고 작곡을 하면 된다.

〈Stage〉의 트랙에서는 서브 멜로디로 빠졌던 신스 연주를 메인 멜로디로 끌어올린 게 최재성의 〈Drop〉이다.

〈Stage〉 트랙의 드럼 뼈대를 리듬 앤 블루스의 지붕으로 사용한 게, 복면강도의 〈Separate〉다.

나와 온새미로의 유닛 앨범은 전자음을 완전히 배제하고 언플러그드에 어울리는 것들만 차용했다.

그렇게 3개의 유닛 앨범이 탄생한 것이었다.

물론 이게 생각보다 장치들이 많아서 그냥 유닛 앨범의 음원 3개를 합친다고, 우리의 정규 2집 앨범이 탄생하는 건 아니다.

줄일 건 줄이고, 뺄 건 빼고, 메인과 서브를 분리하긴 해야 한다.

하지만 그건 고일 대로 고인 회귀자의 레벨에서 '앨범'이란 단어에 어울리는 트랙을 뽑아내기 위한 이야기고, 그냥 적당히 합쳐도 듣기 좋은 음악들이 들릴 거다.

그런 것도 어느 정도 고려를 했으니까.

어쨌든 내가 펼친 마법은 기술적으로 뭔가 대단한 게 들어간 건 아니다.

아이디어가 중요한 거다.

"말도 안 되는 소리에요, 형. 그런 걸 누가 할 수 있다고."

아닌가?

내 설명을 들은 멤버들의 반응은 코웃음이었으니까.

아무튼 2집 앨범의 판매 전략은 버즈 마케팅이었다.

입과 입을 통해서 우리의 앨범에 대해 떠들고, 앨범의 발매일을 기다리게 만드는 것.

성공적이다.

다만, 여기서 나와 서승현 본부장의 입장 차이가 좀 있었다.

서승현 본부장은 복면강도, 세달백일, 온앤온의 유닛 앨범 피지컬을 단독으로 판매하지 않길 원했다.

이게 무슨 말이냐면, 무조건 세달백일의 정규 2집 앨범을 패키지 구매할 때만 유닛 앨범을 얻을 수 있는 식이다.

1. Stage Side A + Stage.
2. Stage Side B + Stage.
3. Stage Side C + Stage.

이렇게 4개의 묶음 패키지로 나누고, 패키지마다 리미티드 에디션을 발매해서 한 단계 높은 가격의 상품도 만들고.

이렇게 되면 매출이 어마어마하게 뻥튀기되긴 할 거다.

만약 Stage Side A, B, C를 전부 갖고 싶은 사람이 있다?

그 사람은 〈Stage〉를 3장이나 구매해야 한다.

리미티드 에디션마다 유닛별 포카를 넣어 준다면?

더 팔릴 거다.

서승현 본부장은 내친김에 이번 팬 사인회는 팬싸 컷을 내자고도 했고.

난 그의 의견을 이해하고, 존중하며, 기꺼워했다.

서승현의 역할은 회사의 매출을 올리는 것이니, 그는 충분히 본인의 역할을 하고 있다.

하지만.

"이건 안 됩니다."

"아니, 왜요!"

"팬들이 기분이 나쁠 수도 있잖아요."

"……?"

내 입장에서는 절대 안 되는 일이다.

악마의 카운팅은 숭배의 개념이다.

사람들이 진심으로 우리가 만든 '순간'을 소유하고 싶어해야 한다.

그러니 상술 때문에 앨범을 사는 마음에 흐릿함이 생긴다면, 카운팅 되지 않을 위험성이 있다.

사람이란 생물의 마음이 원래 그렇다.

자의로 앨범을 10장을 사는 사람도, 타의로 무조건 3장을 사야 한다면 기분 나쁠 수도 있다.

하지만 이걸 타인에게 설명하기란 쉬운 일이 아니었다.

"아니 시온 씨. 이건 당연한 거예요. 상술이라고 부르기도 애매하다니까?"

"그래도 안 됩니다."

"매출 차이가 몇 배는 날 거라고요!"

서승현 본부장은 어떻게든 날 설득하기 위해 애썼지만, 내 입장에서는 재고의 여지가 없는 일이었다.

그리고 이런 결정이 꼭 악마의 카운팅 때문만은 아니다.

난 팬들이 우리를 영원히 사랑해 주면 좋겠다.

또한 이런 내 마음이 짝사랑으로 끝날 수밖에 없다는 걸 알고 있다.

그러니 세달백일이 앨범을 낼 때마다 다른 어떤 것도 고려하지 않고, 앨범이 좋을까, 세달백일의 활동은 멋있을까만 염두에 둘 수 있으면 좋겠다.

그렇게 10년, 20년을 해 나가는 것이 몇 년 반짝 하는 것보다 값지고 귀한 일이니까.

내 이야기를 들은 서승현 본부장은 한숨을 푹 내쉬면서 말했다.

"좋아요, 좋아. 그러면 한시온 씨가 팬들을 생각하는 마음이라도 내다 팔아야겠어요."

"악역이 필요하지 않나요?"

내 대답에 서승현 본부장이 기가 차다는 표정을 짓는다.

왜 그러는지 몰랐는데, 내가 말귀를 너무 잘 알아먹어서라고 했다.

"아니, 어떻게 바로 알아차리는 거지?"

"뻔하잖아요. 마음을 팔려면, 그 마음이 귀하다는 걸 알려 줄 악역도 있어야지."

"악역은 제가 합니다! 난 억울해서 그렇게 조용히는 못 넘어가."

서승현 본부장의 말에 피식 웃었다.

처음 만났을 때부터 느낀 거지만, 서승현 본부장은 적당한 직장인이다.

적당한 책임감이 있고, 적당히 회사를 위할 줄 알며, 적당히 개인의 만족감도 챙긴다.

그럼에도 불구하고 내가 그를 좋게 본 거는, 그가 상황에 몰입을 할 줄 알기 때문이다.

모든 것이 적당하면서 몰입할 줄 아는 사람을 사회에서는 '일을 잘하는 사람'이라고 부른다.

하지만 서승현이 아무리 일을 잘해도 내가 쇼 비즈니스에서 쌓아 온 경험치에는 한참 모자랄 것이다.

"본부장님, 진짜 악역으로 총대 메실 거예요?"

"네."

"그럼 이렇게 하는 건 어때요?"

* * *

-이거 본 사람?

-뭔데?

-세달백일 공홈에 올라온 건데 상품 판매가 ㅈㄴ 오락가락함. 시간 단위로 캡쳐 한 거임.

-엥? 두 개가 왔다 갔다 하네?

-ㅇㅇ 이게 처음에는 오류인 줄 알았는데, 이틀째임. 오전에는 창렬 상품이 깔렸다가 오후에는 혜자 상품으로 바뀜.

-뭐지?

누군가 인터넷에 올린 글은 티티 사이에서 화제가 되는 이야기였다.

한시온이 피지컬 앨범 판매에 집착한다는 건 티티들은 대부분 알고 있는 이야기였다.

직접적으로 입으로 밝힌 적은 없었지만, 라이브 방송을 하다보면 티가 난다.

한시온은 음원 사이트 순위에는 크게 개의치 않는데, 피지컬 앨범 판매량에는 희로애락을 드러내니까.

그래서 다들 유닛 앨범이 피지컬로 발매될 걸 알고 있었고, 라이브 방송을 통해서 2집 발매와 함께 판매가 시작될 거라는 이야기가 나왔었다.

한데, 공식 홈페이지가 오락가락하기 시작했다.

오전에는 단일 앨범 구매는 불가능한 풀 패키지 상품이

리스트에 올랐다가, 오후에는 단일 앨범에 굿즈 구성도 혜자인 리스트로 바뀐다.

 하루만 그랬다면 오류지만 3일이 이어졌다면 오류가 아니다.

 -회사 내에서 앨범 판매 전략을 두고 오락가락하는 거 아냐?
 -이렇게 대놓고 오락가락하는 거면 이상한데?
 -회사에도 정치 파벌 같은 게 있잖아. 싸웠나?

 이윽고 세달백일의 공홈 서버가 6시간 정도 다운이 되었다.
 어마어마한 돈을 들여서 만든 세달백일의 서버가 다운된다는 건 있을 수 없는 일이었지만, 상황이 벌어졌다.
 그때쯤 기자들에게 세달백일의 인디펜던트 레이블인 SBI 엔터테인먼트에서 보도 자료가 뿌려졌다.
 2집 앨범이 언제 발매될 것이며, 언제부터 예약 판매가 시작되고, 어떤 상품으로 팔릴 것인지를.
 거기 들어있는 보도 자료는 단일 앨범 판매가 불가능한 풀 패키지 상품이었다.
 그렇게 기사가 나가고 몇 시간 지나지 않아서, 정정 요구가 들어왔다.

다른 모든 정보는 동일하지만, 앨범의 상품 구성이 단일 구성일 것이라고.

이쯤해서 기자들은 건수를 잡았다고 생각했다.

현재 세달백일과 정규 2집 앨범 〈Stage〉를 둘러싼 이슈는 어마어마하다.

한시온이 보여 준 마법 같은 일은 입과 입을 통해서 전달되고 있었고, 엠쇼에서는 여전히 주구장창 TV 광고를 때려 준다.

엠쇼와 세달백일이 굳건한 동맹을 형성했다는 소문이 파다하다.

아니면 아예 세달백일이 엠쇼에서 거액의 투자를 받고 산하의 독립 레이블로 들어간다는 소문도 있었고.

그러니 기자들이 이런 정보를 퍼다 나르지 않을 이유가 없었다.

[세달백일, 앨범 상품 구성을 두고 둘러싼 갈등?]
[세달백일 풀패키지 VS 단일 상품을 두고 회사에서 갈등을 빚는 중으로 알려져.]

행동력이 빠른 기자들 중 몇몇은 서승현 본부장과 술자리를 가지며 상황에 대해서 파악하기도 했다.

서승현 본부장은 처음에는 말을 아끼는 것 같았지만,

나중에는 술김에 사실을 말했다.

"아니, 음악은 잘하는데 애가 완전 무슨 피터팬이야. 낭만에 미쳐 있다니까?"

"왜요?"

"팬들이 헛돈 쓰는 게 싫다고 단일 앨범으로 내고, 굿즈도 퍼 주려고 하고……. 아니 그럼 우리 직원들은 뭘 해 먹고 사나?"

"아, 그럼 그게……."

"내가 열불이 나가지고 상품 구성을 홈페이지에 올려 버리니까, 한시온이 막내한테 연락해서 바꾼 거지. 근데 막내가 뭘 잘못 건드려서 홈페이지가 병신이 된 거고."

"회사 지분 구조가 세달백일한테 대부분 쥐어져 있죠?"

"대주주의 횡포라니까? 애가 꼬름 해. 돈을 벌 생각이 없어. 자기들이 천년만년 스타인 것도 아닌데."

기자들은 서승현 본부장의 말을 듣고 조금 실망했다.

좀 더 저열하거나 끈적거리는 상황이길 바랐는데, 결과적으로는 선의와 상업성이 충돌하고 있는 거니까.

'이걸 어떻게 자극적으로 기사를 쓰지?'

기자들이 그런 생각을 하며 술자리를 파하고 돌아가는데, 이미 기사가 올라가 버렸다.

[〈독점〉세달백일, 회사와 앨범 판매 전략을 두고 갈등 중으로 밝혀져.]

 기사 내용은 팩트를 그대로 전달했는데, 녹취록까지 공개가 되었다.
 당연한 이야기지만 대중은 세달백일의 편이었다.
 팬들의 지갑 사정을 고려하는 세달백일에게 박수를 보내고, 팬들은 돈벌이 수단으로밖에 보지 않는 서승현 본부장을 욕했다.
 물론 30-40대 직장인들 중에는 서승현을 옹호하는 이들도 많았다.

 -아니; 표현이 좀 거칠어서 그렇지 저 사람은 회사 일을 열심히 한 거 아님?
 -ㅇㅇㅇ 세달백일이 회사를 차렸고, 직원들을 뽑은 거면 매출을 낼 의무도 있음.
 -표현만 좀 클린했으면 이렇게 욕먹을 일이 아닌데…
 -애들이 회사에 안 다녀 봐서 그럼ㅋㅋㅋㅋㅋㅋ 낭만으로 회사가 굴러가냐?

 하지만 이에 대한 반박도 만만치 않았다.

-아니 뭐ㅋㅋㅋㅋ 앨범을 무료로 퍼 주는 것도 아니고 판매하잖아? 판매를 깔끔하게 하는 거랑 상술 덕지덕지 붙이는 거랑 다르지.

-그리고 세달백일이 앨범 팔면 회사가 안 굴러갈 것 같냐? 내가 보기엔 Side A, B, C 전부 50만 장 넘게 팔림. 2집 앨범은 그 이상일 거고.

그때쯤 해서 세달백일의 공식 홈페이지에 서승현 본부장의 사과문이 올라갔고, 상품 구성이 확정되었다.

Stage Side A, B, C가 각각 판매되며, 2집 앨범 〈Stage〉도 단일로 판매된다.

전부다 한 번에 살 수 있는 묶음 패키지는 가격이 확 할인돼서 업로드되었고.

이쯤 되니 '정상적으로 파는 앨범'이 굉장히 팬들을 위한 상품처럼 이미지 메이킹이 되었다.

당연한 이야기지만, 기자를 비롯한 쇼 비즈니스의 관계자들인 세달백일이 무슨 짓을 했는지 알고 있었다.

"서 본부장을 악역으로 내세우고 홍보 전략 세운 것 같지?"

"피지컬 앨범이 4개나 되니까, 전부 구매하면 가격이 만만치 않으니까요."

"하, 전략 잘 세웠네. 이제 그냥 앨범만 사면 엄청 이득

보는 것처럼 프레임이 만들어졌어."

"세달백일 이미지도 좋던데요."

"1집 앨범 때도 CDP를 얹어 주고 그랬으니까. 이미지가 연결이 된 거지."

"서 본부장만 불쌍하게 됐네."

"그러게요."

하지만 전혀 아니었다.

서승현은 예약 판매를 시작하자마자 쌓이는 기록을 보며 함박웃음을 짓고 있었다.

그렇게 2주란 시간이 쏜살같이 흘렀고…….

마침내 세달백일의 정규 2집 앨범 〈STAGE〉가 발매되었다.

* * *

과거에는 앨범이 나오기 전에는 앨범 안에 어떤 곡들이 들어가 있는지를 알 수 없었다.

그러니 앨범을 듣고 싶으면 발매일을 기다렸다가 실물 앨범을 사고, 집으로 돌아와 앨범을 들어야 했다.

누군가는 아날로그 시대라고도 부르고, 또 누군가는 낭만의 시대라고도 부르던 때는 그러했다.

하지만 이제는 다르다.

대부분의 경우 음원 사이트에 곡이 먼저 등록이 되고, 홍보를 포함한 활동이 출발하고, 실물 앨범이 나온다.
 꼭 아이돌이나 유명 케이팝 가수들에 한정된 이야기가 아니다.
 인디 가수들도 그러하다.
 물론 실물 앨범이 나오는 것에 맞춰 추가로 음원이 공개되는 경우도 있고, 아예 음원 공개를 하지 않는 히든 트랙이 들어 있을 때도 있다.
 하지만 이건 특별한 일일 뿐이었다.
 그런데…….
 세달백일을 놀랍게도 피지컬 앨범 발매를 음원 공개보다 앞당겼다.
 즉, 온라인에는 음원이 공개되어 있지 않은데 앨범 판매처인 오프라인에 피지컬 앨범이 깔린 것이었다.
 또한 사전 구매를 한 이들이 앨범을 받아 보는 것도 타이밍을 맞췄다.
 한시에 받아 볼 수는 없겠지만, 한날 받을 수 있도록 최선을 다한 것이었다.
 제주도를 비롯한 섬이나 산간 지역까지는 어쩔 수 없었지만.
 이러한 결정을 내린 것에는 두 가지 이유가 있었다.
 첫째로, 유닛 앨범인 Side A, B, C가 여전히 팔팔한 생명력을 가지고 살아 있다는 것.

비단 가장 마지막에 발매된 한시온과 온새미로의 유닛 온앤온의 앨범뿐만이 아니다.

발매 6주차에 접어드는 복면강도의 앨범과 발매 5주차에 접어드는 최재성의 솔로 앨범도 건재하다.

물론 세달백일의 유닛 앨범의 수록 곡들이 일간 차트 1위를 기록하고 있진 않다.

연초에 곡을 발매한 대형 가수들 중에도 훌륭한 성과를 낼 만한 이들이 많았으니까.

하지만 '1군'을 형성했다.

2018년이 시작하고 2개월이 채 지나지 않았지만, 벌써부터 2018년은 가요계는 체급의 시대라는 말이 나오고 있었다.

일간, 혹은 주간 차트를 보면 여전히 5위부터 20위 안에 세달백일의 곡들이 빼곡하다.

잠깐의 유행일 것 같았던 최재성의 〈Drop〉의 후렴을 추는 숏폼은 여전히 성행 중이고, 오히려 다른 엔터테인먼트들이 영향을 받아서 비슷한 것들을 시도하고 있었다.

복면강도가 발매한 〈Side A〉는 버즈량과 이슈는 좀 내려왔을지언정, R&B 팬들에게 어마어마한 지지를 받고 있었다.

피지컬 앨범이 발매되면 바로 구매할 거라는 이들이 정말 많았다.

기타 반주 하나로 발매한 온앤온의 〈Side C〉는 쉽게 질리지 않는다.

발매된 지 얼마 되지도 않은 곡들인데도 예능 프로그램에서 기타 연주가 필요한 순간이면 사용되기 시작했다.

이건 방송국의 이해관계와 맞아떨어진 것인데, 해외 음원을 예능 프로그램에서 사용할 때는 해외 수출에서 문제가 발생하곤 한다.

방송국이 해외의 음원 유통사와 계약을 맺은 건 국내용이고, 수출 시 월드와이드 계약은 따로 해야 하기 때문이었다.

한데, 그게 굉장히 비싸다.

빌보드 Hot 100의 상위권 곡 같은 경우에는 단 몇 초만 나와도 몇천만 원을 지불해야 한다.

한데 온앤온의 음원을 가져다 쓰면 그런 불상사가 생기지 않는다.

그렇다고 음원의 수준이 떨어지느냐?

절대 아니다.

해외의 곡들과 비교해도 꿀리지 않는다.

아니, 오히려 더 좋은 것 같다.

한시온의 기타 연주는 대한민국에서 날고 기는 기타리

스트들에게 충격을 줬다.

그들도 세달백일에 대해서 알고 있었고, 한시온의 작곡 실력에 대해서도 알고 있었다.

하지만 정규 1집의 기타 리프는 에릭 스캇의 도움을 받았다고 알려졌기에 어디까지가 한시온의 실력인지 평가할 수가 없었다.

컬러 쇼의 영상에는 기타를 치는 장면이 있긴 했지만, 너무 짧고 화려했으니까.

그러니 기타리스트들은 〈Side C〉를 듣고는 경악할 수밖에 없었다.

한시온이 이렇게 기타를 잘 칠 거라고는 상상을 못했으니까.

화려한 연주는 후보정의 연출이 가능하지만, 덤덤한 깊이는 후보정의 연출로 낼 수 있는 게 아니다.

믿기 힘든 일이지만, 한시온의 기타가 보여 주는 깊이는 대한민국 그 어떤 기타리스트보다 우위에 있었다.

오죽하면 향후 5년간의 음대 기타 입시곡이라는 말까지 나올 정도였으니까.

이처럼 Side A, B, C의 음원들은 여전히 팔팔히 살아서 음원 사이트를 종횡무진 누비고 있었다.

그리고 사람들은 이걸 '결계'라고 불렀다.

-결계 개빡세넼ㅋㅋㅋㅋ

-ㅋㅋㅋㅋ이번주 발매된 가수들 몇 팀 뚫고 올라가나 했는데 체급 차에 또 밀림.

-칫, 결계인가.

-개빡친다. 세달백일. 미친놈들이 왜 앨범을 하....

-피해자 또 나타났네ㅋㅋㅋㅋ

-지금은 스밍 공세로 안 먹힌다ㅋㅋㅋㅋ

-체급을 갖추고 오라고ㅋㅋㅋㅋ

-우리보다 가볍다고??? 내려가

-ㅋㅋㅋㅋㅋㅋㅋㅋㅋㅋㅋ

세달백일이 형성한 음원 결계 위로 올라오려면 제대로 된 체급을 갖춰야 한다.

물론 팬덤의 스트리밍 공세로 새벽에 실시간 차트 줄 세우기야 가능하다.

아무리 세달백일의 음원이 잘됐어도 이걸 막을 수는 없으니까.

하지만 다시 하루가 시작되면 실시간 차트에 줄 세운 곡들은 흔적도 없이 밀려난다.

세달백일이 세워 놓은 결계를 뚫으려면 좋은 음원과 폭넓은 라이트 팬층이 필요했다.

이런 상황 속에서 대중들은 요즘 음원 사이트 질이 좋

다는 이야기도 하고 있었다.

세달백일의 결계를 뚫고 올라온 일간 차트 1~5위의 곡들은 전부 좋은 곡들이었으니까.

이런 상황 속에서 만약 세달백일의 정규 2집 〈Stage〉의 음원이 공개되면 어떨까?

Side A, B, C의 생명력을 전부 끌어모아서 원기옥을 터트릴 확률이 높다.

어쩌면 가요계에 길이 기록될 원기옥일 수도 있겠지만, 한시온은 지금 당장 그러고 싶지 않았다.

멤버들이 이 성공을 좀 더 충분히 즐기고, 자연스럽게 유닛 앨범에 힘이 빠질 때까지 기다리고 싶었다.

이게 〈Stage〉의 음원을 음원 사이트가 아닌 피지컬 앨범으로 선공개하는 첫 번째 이유였다.

두 번째 이유는 좀 더 추상적이었다.

'문화'를 만들고 싶었다.

모든 플랫폼, 마켓, 콘텐츠 판매자들은 첫 번째 결제를 위해 어마어마한 노력을 기울인다.

원래 모든 구매는 첫 번째가 중요하다.

평생 생수를 사 먹은 적이 없던 사람이라도 딱 한 번만 생수를 사먹으면 다음부터는 거부감이 없어진다.

게임에 돈을 쓰는 걸 이해하지 못하던 사람이라도, 딱 한 번만 결제하면 그 다음부터는 허들이 낮아진다.

사람은 원래 심리적 저항선을 한 번만 넘으면, 다음부터는 행위에 저항을 느끼지 못하기 때문이었다.

심지어 범죄조차 그러하다.

한시온은 '실물 앨범'의 구매 허들을 낮추고 싶었다.

세달백일의 정규 1집 앨범이 굉장히 많이 팔린 건 맞다.

국내 판매량만 따져도 100만 장을 돌파했으니까.

하지만 그렇다고 정말로 100만 명이 1집 앨범을 산 건 아닐 것이었다.

티티 2기들 중에는 팬 사인회 커트 라인이 앨범 구매로 결정될 거라고 믿고 수십, 수백 장을 구매한 이들이 존재한다.

CD 플레이어를 갖기 위해서 세달백일의 앨범을 구매한 뒤, 몇 번 듣고 만 이들도 존재한다.

판매처는 국내로 찍혔지만, 중국이나 일본 등의 해외 구매인 이들도 많다.

그렇다면 한국에서 세달백일의 앨범을 산 이들은 많아봐야 6~70만 명이라는 것이었다.

2억 장을 팔아야 하는 한시온 입장에서는 만족할 수가 없었다.

그래서 이번 2집 앨범은 실물 앨범을 구매하는 즐거움을 대중들에게 만들어 주기 위한 홍보 전략을 채택했다.

앨범의 구성도 탄탄했다.

팬들을 위한 굿즈들도 가득하지만, 앨범의 커버 디자인과 속지에 굉장한 공을 쏟았다.

시간이 촉박했음에도 프랑스의 유명 디자이너를 섭외해서 전권을 맡겼다.

앨범을 질릴 때까지 듣고 난 이후에도 인테리어 소품으로 충분히 쓰일 수 있도록.

뿐만 아니라, 이번에도 CD 플레이어를 제공한다.

다만 〈Stage + Stage Side A, B, C〉를 묶어 파는 올 패키지 상품에만 포함될 예정이었다.

유닛 앨범의 판매 금액은 멤버들에게 고스란히 돌아갈 수 있도록.

이런 상황 속에서 세달백일의 정규 2집 앨범 〈Stage〉와 Side A, B, C의 피지컬이 드디어 발매되었다.

그리고 이건……

유행을 만들었다.

* * *

HR 코퍼레이션의 CEO 앤드류 브라이언트와 매니지먼트의 치프 매니저인 알렉스 페레이아가 한자리에 모였다.

커피를 마시며 가벼운 환담을 나누던 중, 두 사람의 이야기가 '앨범'에 닿았다.

"들어 봤어?"

"네. 전 좀 빨리 들었습니다. 에디가 미리 받아 봤거든요."

"신기하단 말이지. 어떻게 한 명의 머리에서 이렇게 많은 곡이 나올 수가 있지?"

"곡보다는 장르의 쓰임새를 이해할 수가 없더군요. ⟨Side A⟩를 제외하면 특정 장르가 하나만 쓰인 곡이 없습니다."

"⟨Side A⟩도 리듬 앤 블루스라는 큰 틀에 묶였을 뿐이지, 자유롭던데?"

"나머지는 더하지 않습니까?"

두 사람이 대화를 나누는 주제는 세달백일의 Side A, B, C와 정규 앨범인 ⟨Stage⟩였다.

사실 좀 어이없는 일이었다.

HR 코퍼레이션은 빌보드의 일정 부분을 수십 년째 점유하고 있는 거대 기업이었다.

그런 기업의 CEO와 매니지먼트 팀의 에이스가 해외 진출도 하지 않은 한국 가수의 앨범에 대해 이야기하고 있다는 건.

하지만 어떻게 보면 당연한 일이기도 했다.

뮤직 인더스트리는 결국 돈 되는 음악을 파는 곳이다.

때론 음악보다 가수의 이미지와 스토리를 더 비싸게 팔 때도 있긴 하다.

하지만 사업의 핵심 자체는 음악을 파는 거다.

그리고 지금, 한국에는 사람들이 잘 모르는 보석이 탄생했다.

"유통 계약은 쿨하게 체결했습니다만, 타이밍이 좀 애매합니다. 저희는 〈The First Day〉를 푸쉬해야 하니까요."

HR 코퍼레이션은 세달백일의 정규 1집 앨범 〈TFD〉를 전력으로 푸쉬하기로 마음먹었다.

그리고 진심으로 1,000만 장을 목표로 삼고 있었다.

하지만 이건 세달백일의 음악이 미국에서 천만 장이나 팔릴 거라는 베팅이 아니었다.

HR 코퍼레이션과 앤드류 브라이언트가 베팅한 것은 빌보드와 그래미의 거장들이다.

에릭 스캇, 얀코스 그린우드, 메리 존스 등등…….

왕년의 스타들이고, 한 시대를 대표했으며, 이제는 한 장르를 대표하는 어벤저스들이 모였다.

그들을 한 자리에 모으게 만든 건 한시온이었지만, 고작 앨범을 하나 내면서 끝났다.

미국 내 판매량으로는 아직 플래티넘도 달성하지 못했다.

앤드류 브라이언트는 이걸 영어 버전으로 재녹음해서 제대로 팔아 보고 싶었다.

HR 코퍼레이션의 구매층인 중장년층 백인들의 지갑을 충분히 저격할 수 있을 거라는 확신이 섰기 때문이었다.

하지만 오히려 그러기 위해서는 세달백일의 이미지가 흐릿해야 한다.

세달백일은 노래를 부른 이들이지만, 곡을 만든 이들은 빌보드와 그래미의 거장들이어야 한다.

그래야 미국의 구매층이 거부감을 느끼지 못한다.

굉장히 멍청한 편견이지만, 여전히 미국의 소비자들은 타국의 콘텐츠가 자국만 못하다는 편견이 있으니까.

"〈TFD〉는 세달백일이 희미해야 하고, 〈Stage〉는 세달백일이 강렬해야 하군."

"차라리 2집 앨범이 좀 늦게 발매됐다면 모르겠지만, 지금은 1집에 집중해야 한다는 게 제 의견입니다."

앤드류 브라이언트와 알렉스 둘이 결정할 일은 아니지만, 그들은 잠정적으로 그렇게 결론을 내렸다.

물론 세달백일의 해외 유통을 맡은 이상, 기본은 해야 했다.

앞으로도 좋은 관계를 유지하고 싶다면 최소한 다른 해외 유통사들이 해 줄 수 있는 것 이상은 해야 하지 않겠는가?

그렇게 HR 코퍼레이션은 결론을 내렸고, 이 결론은 아주 재미있는 미래를 불러올 결정이었다.

* * *

"……?"
"……?"
"오늘이 만우절인가……?"
멤버들과 모여서 멍청하게 눈만 껌뻑였다.
다들 바보 같은 표정을 짓고 있는데, 이건 나조차도 마찬가지였다.
서승현 본부장이 Side A, B, C의 앨범 판매량을 말해 줬는데…….
내가 상상했던 최고 판매량을 아득히 넘어섰다.
"얼마라고요?"
서승현 본부장이 어깨를 으쓱하며 말한다.
"세 개 합쳐서 35만 장 정도 됩니다."
첫 주 판매량도 아니다.
피지컬 앨범의 판매가 시작된 지 오늘이 4일째니까.
물론 저 수치에 예약 판매도 들어가 있긴 하겠지만.
게다가 서승현 본부장은 Side A, B, C에 대한 판매량만 이야기했다.

정규 2집 앨범인 〈Stage〉에 대한 이야기는 없었다.

좀 다른 이야기긴 하지만, 각각 유닛 앨범의 판매량을 구체적으로 말하지 않는 건 배려겠지.

내가 예상하건대, 최재성의 앨범인 〈Side B〉는 피지컬 앨범 판매량이 그렇게까지 높지 않을 것 같다.

〈Drop〉이 어마어마한 인기를 끌었고, 수록곡들도 클럽에서 스테디셀러로 자리 잡아 가고 있는 걸 안다.

하지만 앨범 단위를 구매하고 싶은 욕구는 아무래도 좀 떨어질 수밖에 없다.

클럽 튠, 혹은 파티 튠은(반드시 그 쓰임으로만 한정지은 건 아니지만) 원래도 피지컬 앨범 시장에서 불리한 장르다.

반대로 복면강도의 유닛은 〈Side A〉는 꽤 잘 팔릴 거다.

그동안 한국에서는 본토와 경쟁해 볼 만한 리듬 앤 블루스 앨범이 별로 없었다.

한국 가수들의 실력이 별로고, 작곡가들이 공부를 안 해서가 아니다.

블루스는 원래 가장 미국적인 음악 장르라서 공부만으로 배우기 어려운 부분이 있다.

흑인이 판소리를 열심히 공부한다고 해서 판소리의 한을 제대로 표현하기 힘든 것처럼 말이다.

그러나 난 미국에서 정말 오랜 시간을 살아왔고, 감성 자체는 크게 다르지 않다.

그러니 복면강도의 유닛 앨범은 오랫동안 사랑받을 것이고, 최소한 30년은 언급될 것이다.

이 앨범을 뛰어넘는 R&B 앨범이 나오기 전에는.

나와 온새미로의 유닛 앨범인 〈Side C〉는 뭐…….

잘되겠지.

누가 불렀는데.

이게 유닛 앨범에 대한 내 평가고, 상당히 정확할 거라고 생각한다.

하지만 정규 앨범인 〈Stage〉는 나도 잘 모르겠다.

예상을 안 하는 건 아니지만, 그 예상이 정확하다는 근거가 없다.

특히 이번에 내가 원하는 포인트가 피지컬 앨범 시장의 개척이라서 더욱 그런 부분이 있다.

음원 사이트에서 들을 수 없는 음원.

앨범을 사야지 들을 수 있는 음원.

하지만 유닛 앨범은 너무나도 잘됐고, 그 유닛 앨범들이 모여서 정규 2집의 음악이 나온다는 흥미 포인트.

엠쇼에서 대대적으로 밀어주는 TV 광고와 사옥 광고.

거기에 우리 돈을 태워서 한 온라인과 오프라인 광고에 팬들이 2집 앨범 발매를 축하하며 지하철에 걸어 준 옥외 광고들까지…….

 많은 부분이 어우러져 있기에 망하진 않을 거라는 자신은 있지만, 어떤 결과가 나왔는지 모르겠다.

 서승현 본부장의 부탁으로 지난 4일 동안은 모니터링을 하지 않기도 했다.

 그보다 바쁜 게 미국에서 발매될 〈The First Day〉의 영어 버전 녹음이라서, 멤버들을 디렉팅하느라 바빴거든.

 그런 생각을 하고 있을 때 이이온이 손을 번쩍 들었다.

 "그러면 저희가 4장으로 4일 동안 35만 장을 팔았다는 거죠?"

 "네? 아뇨. 3장이요."

 "네?"

 "정규 2집은 제외하고 말씀드린 거니까."

 무슨 말을 하나 했는데, 알고 보니까 나를 빼고 멤버들은 헷갈렸던 모양이었다.

 35만 장이 전부 합친 수치라고.

 "그러면 〈Stage〉는 얼마나 팔렸어요?"

 "그걸 말씀드리려고 했는데……. 아마 저희 자컨 영상을 찍어야 할 것 같아요."

 "자컨이요?"

 서승현 본부장이 희미하게 웃더니 숙소 거실에 있는 커

다란 스크린에 자신의 핸드폰을 연동시킨다.

그리곤 유투브에 들어가더니 뭔가를 튼다.

다른 멤버들은 모르겠지만 난 정말로 4일 만에 처음 들어오는 인터넷이다.

굳이 악플 같은 것이 걱정돼서 인터넷 서칭을 피했다기보다는 보물 상자처럼 아껴 놓은 면이 더 크다.

바쁘기도 했고, 서승현 팀장도 리액션 영상을 찍을 거니까 보지 말아 달라고 했고.

"근데 저희 리액션 영상은요?"

카메라가 딱히 없다.

서승현 본부장이 어깨를 으쓱했다.

"찍을 상황이 아닙니다."

"그래요?"

그때 딱 서승현 본부장이 핸드폰으로 영상을 재생했다.

웬 남자였다.

어디서 많이 본 것 같이 생긴 사람이었는데, 누군지 잘 모르겠다.

"어? 포텐시네."

"포텐시?"

"유투버에요. 100만 넘는 초대형."

그렇다고 한다.

포텐시란 남자가 찍은 영상은 별거 아니었다.

우리의 정규 2집 앨범 〈Stage〉의 4번 트랙을 재생하더니, 타이밍을 잘 맞춰서 최재성의 앨범인 〈Side B〉의 5번 트랙을 틀었다.

그 다음에 혼자 둠칫둠칫거리는 이상한 춤을 추더니, 복면강도의 〈Side A〉의 1번 트랙을 틀었다.

연습을 굉장히 많이 했는지, 아니면 편집이 된 영상인지 모르겠지만, 그럼이 딱 맞는다.

하이햇의 치찰음이 완벽하게 맞는 거 보니까 아무래도 후보정 편집을 한 것 같다.

턴테이블도 아니고 CD 오디오로 저렇게 딱 맞추는 건 거의 불가능하니까.

하지만 어찌 됐든 그렇게 3개의 곡이 합쳐지자 사운드가 쏟아진다.

〈Side B〉와 〈Side A〉 음악의 볼륨은 확 낮춰 놓았기에 귀가 부담스럽진 않았다.

근데 이걸 왜 보여 줬는지 모르겠다.

"이게 왜요?"

"유행입니다."

"뭐가요?"

"이렇게 〈Stage〉의 앨범 뒤로 유닛 앨범들을 틀어서 새로운 음원을 만드는 게요."

이딴 게 유행한다고?

게다가 포텐시라는 유튜버가 합친 음악은 애초에 내가 하나로 구성한 음악도 아니다.

즉, 포텐시는 아무 음악이나 적당히 3개를 합쳐서……

"음?"

그렇게 생각을 하고 있는데 뭔가 이상하다.

볼륨 조절이나 음압, 음간 조절이 안 된 건 맞다.

하지만 적당히 3개의 음악을 합쳤다고 보기에는 너무 잘 맞아떨어진다.

심지어 내가 의도한 바도 아니었는데 말이었다.

게다가 꽤 들어 줄 만하다.

여기서 꽤 들어 줄 만하다는 건 내 개인적인 평가고, 그렇다는 건.

-와 뭔데ㅋㅋㅋㅋㅋㅋㅋㅋ
-갑자기 분위기 쌈뽕한데ㅋㅋㅋ

사람들이 듣기에는 굉장히 좋다는 것이었다.

난 잠깐 영상을 다시 돌려서 왜 이런 일이 발생했는지를 확인했다.

이유는 별거 없었다.

그냥 전부다 내가 작곡해서 그렇다.

난 특별한 작곡론을 가지고 있는 작곡가가 아니고, 가수에 따라, 장르에 따라, 또 필요에 따라 곡을 쓰는 방법을 달리한다.

그렇다는 건 모든 곡이 음악의 결이 달라야 한다는 건데, 꼭 그렇지는 않다.

뭐가 됐든 음악에는 작곡가와 가수가 묻어나기 마련이니까.

한시온이란 작곡가와 세달백일이라는 가수가 활용되는 방법은 비슷비슷한 면이 있고, 전체적인 '집'은 비슷한 결이다.

집 안에 어떤 가구가 어떤 식으로 배치되는지가 다르지.

그런 의미에서 포텐시라는 사람은 음악을 듣는 귀가 있는 것 같다.

BPM도 다르고, 악기의 결도 다른 3개의 곡을 타이밍 좋게 틀어서 들어 줄 만한 사운드를 만들었으니까.

물론 저 들어 줄 만한 부분은 20초 남짓이고, 다시 뒤로 가면 드럼 박자가 달라지면서 음악이 밀려 버릴 거다.

하지만……

[봤지! 나 막귀 아니라니까요!]

일단 포텐시란 유투버는 자랑스러워 보였다.

"이 사람이 맨 처음에는 영화 리뷰로 시작했던 유투버인데, 말재주도 좋고 그래 가지고 온 세상 만물을 리뷰하는 컨셉으로 인기를 얻었거든요."

아, 그러고 보니까 내가 저 남자를 본 게 생수 리뷰였었다.

세달백일이 자컨에서 생수를 마시고, 신선한 공기를 마시는 아이디어가 저 남자가 생수를 마시면서 헛소리를 하는 데서 따왔었다.

내가 따온 건 아니고, 인터넷을 자주 보는 최재성의 아이디어였다.

"그래서 종종 음반 리뷰도 하는데, 친한 유투버들한테 막귀라는 이야기를 많이 들었거든요."

"그래서 이걸?"

"네."

"근데 저런 게 왜 유행해요?"

"그건 모르죠? 유행에 무슨 이유가 있겠습니까?"

온새미로의 말에 서승현 본부장이 어깨를 으쓱했고, 난 서 본부장의 말에 동의했다.

문화 콘텐츠에서 정말 오랜 시간 살아온 사람 입장에서 말하자면, 유행이란 건 참 어이없다.

10년 전에 업로드된 조회수 100짜리 영상이 갑자기 발굴되어서 전 세계를 관통하는 밈이 되는 게 여기였으니까.

하지만 좀 뜬금없긴…….

"아."

이해했다.

왜 저런 게 유행을 하는지.

저건 사실 그냥 구매 인증이다.

피지컬 앨범을 사서 주의 깊게 들어 봤다는 인증을 색다른 방식으로 하는 거다.

거기에 약간의 음악적 재능에 대한 과시욕까지 포함하는.

인증은 사람들의 자존감을 만족시키는 꽤 중독적인 행위다.

투표라는 당연한 행위도 인증하는 세상이 아니던가?

이 말은 곧, 내가 인터넷을 보지 않았던 4일 동안, 세달백일 정규 2집 앨범의 피지컬 구매를 인증하는 게 당연한 분위기가 됐다는 것이었다.

서승현 본부장이 서프라이즈를 해 주고 싶은 건 알겠는데, 이제 못 참겠다.

"그래서 몇 장이나 팔렸습니까?"

"업 다운으로 할까요?"

"그냥 알려 주세요."

장난을 치려던 서승현 본부장이 웃으며 헛기침을 하더니 입을 열었다.

"35만 장입니다."

"……!"

〈Stage〉 35만 장.

Side A, B, C 합쳐서 35만 장.

4일 동안 우리가 4장의 앨범을 팔아 올린 판매고는 70만 장이었다.

게다가 상황을 보아하니 대부분의 사람들이 유닛 앨범과 정규 앨범을 함께 구매한 모양이다.

"초동 집계가 끝난 것도 아니에요. 며칠 더 남았어요."

"이러면……."

"초동 신기록을 세울 것 같네요."

세달백일 멤버들이 어떤 표정을 지어야할지 모르다가 그냥 기뻐했다.

하지만 왠지 기쁨이 그렇게 격렬해 보이진 않는다.

멤버들은 그 이유를 모르는 것 같았지만, 난 안다.

과분하지 않기 때문이었다.

그들이 이 앨범에 기울인 노력과 피와 땀은 결코 적지 않다.

그 어떤 가수들도 내 디렉팅을 이렇게까지 전적으로 수행할 순 없다.

난 앨범을 녹음할 때는 괴물이 되어 버리는 사람이니까.

하지만 세달백일을 해냈고, 무의식중에 그런 생각이 있는 것이다.

이런 대우를 받을 만하다.

우리의 노력을 생각하면 마땅하다.

그렇게 얼마의 기쁨을 나눴을까?

서승현 본부장이 말투를 살짝 바꾸며 다시 입을 열었다.

"하지만 희가 있으면 비도 있죠. 문제도 있습니다."

"뭔가요?"

"공중파가 저희를 보이콧할 것 같네요."

"네? 공중파 전체가요?"

"아뇨. SBN은 예외일 것 같네요. 스넘제 피디가 SBN 주류로 올라타서. 하지만 눈치는 좀 볼 것 같습니다."

이건 좀 의외다.

설마 최대호가 영향력을 발휘한 건가?

하지만 그렇다기에는 이제 우리의 체급이 너무 클 텐데?

초동으로 70만 장(물론 여러 앨범이 합쳐졌지만) 팔아 버렸으니까.

"이건 세달백일의 체급이 너무 커져서 그렇습니다."

"엠쇼 때문에요?"

"네. 그렇죠."

한 때, 대국민 오디션 프로그램을 정말로 전 국민이 보던 시기가 있었다.

그 시작을 알린 건 케이블 방송국이었고, 거기가 엠쇼다.

2018년에 보면 우스운 이야기지만, 당시에 케이블 방송국의 오디션 프로그램 출연자들은 공중파의 음악 방송에 나올 수가 없었다.

시청률이 10%를 넘고, 음원 사이트에서 1위를 해도, 공중파 음방은 나오지 못했다.

당시에는 종편 이슈와 섞여서 공중파가 케이블을 완벽히 배척하는 모양새였기 때문이었다.

하지만 시대가 지났고, 이제는 그런 일이 없다.

한데, 공중파가 다시 우리를 배척한다고?

이건 곧······.

"너무 좋은데요?"

"네?"

너무 마음에 든다.

Album 18. Show biz

 과거에는 모르겠지만, 현대에는 사회의 흐름이 결국 돈의 흐름이다.
 어쩌면 악마가 한시온을 선택한 이유가 시대를 관통하는 통찰일 수도 있었다.

 [이제 세상은 죽음의 앞뒤에 놓인 인간들이 굴리는 물레가 아니다.]
 [재화의 높낮이에 아우성치는 이들이 흔드는 풍차다.]
 [그래, 돈.]

 그런 의미에서 공중파가 세달백일을 보이콧하는 건 당연한 흐름이었다.

조금 더 정확하게 말하면 '전체 보이콧'을 할 리는 없다.

방송국이 어디 한 명에게 좌지우지되는 단체도 아니고, 음악계와 예능계는 같은 예능국으로 묶였지만 묘하게 다르다.

세달백일이 보이콧되는 건 아마도 음악 방송에 한해서일 것이었다.

이유는 정말이지 간단했다.

이번에 세달백일 발매한 정규 2집 앨범 〈Stage〉와 유닛 앨범 3장이 만들어 낸 돈의 흐름 때문이었다.

4개의 앨범이 성공하면 성공할수록 가장 더 많은 돈을 버는 곳은 세달백일이다.

심지어 세달백일은 인디펜던트 레이블로서 가수들이 비용을 제외한 순수 마진의 대부분을 거머쥐는 구조니까.

그렇다면 두 번째로 돈을 많이 버는 곳은 어디일까?

엠쇼다.

처음 엠쇼가 세달백일에게 올 인을 할 때만 해도 업계 사람들은 고개를 갸웃했었다.

"와, 근데 엠쇼는 뭘 믿고 저렇게 과감하게 베팅을 한 거야?"

"그러니까. 앨범을 TV 광고로 쏴 버리네."

"엠쇼가 관리하는 옥외 광고판도 짬짬이 돌려주는 것 같던데?"

"엠쇼가 그렇게 힘든가, 요즘?"

세달백일 잘하는 거 당연히 안다.

앨범도 당연히 잘 팔릴 거다.

물론 150만 장을 돌파한 1집 앨범의 기록을 따라잡진 못하겠지만, 한국의 케이팝 가수가 그 1/3만 해도 빅 샷이다.

그러니 사람들은 엠쇼가 세달백일을 선택한 것 자체는 개의치 않았지만, 문자는 투자의 규모다.

이 정도면 엠쇼가 세달백일과 한 배를 탔다고 해도 과언이 아니다.

앨범이 실패하면, 엠쇼의 이번 분기 매출 정산도 같이 망할 거다.

그 정도로 하나의 앨범에 꼬라박는 방송국은 방송국 자격이 없는 거다.

아무리 엠쇼가 가수와 관련된 콘텐츠로 부흥한 특이한 방송국이라고 해도 말이다.

그러니 사람들은 엠쇼가 외부에서는 알 수 없는 어떤 압박을 받고 있으며, 어떻게든 최대한 빠르게 성과를 내야 하는 안 좋은 상황에 놓여 있다고 생각했다.

상식적으로 그냥 이런 걸 베팅할 리가 없으니까.

하지만 놀랍게도 이번 사태는 비상식이었다.

정확히 말하면 엠쇼는 쇼 비즈니스에서 가장 중요한 걸

선점했었다.

바로 '쇼'다.

아이돌 그룹 콘텐츠 역사상 가장 높은 시청률을 기록한 셀프 메이드의 원본 영상을 쥐고 있는 게 엠쇼다.

그들은 세달백일이 만들어 내는 기적을 봤고, 그들의 2집 앨범이 어떻게 준비되고 있는지를 봤다.

그래서 엠쇼의 예능국장이 한시온에게 베팅을 했고, 한시온은 그 베팅을 유리한 방향으로 이끌었다.

물론 이면에는 정치적인 이유도 있긴 했다.

엠쇼에는 본래 라이언 엔터와 손을 잡았던 이들이 주류를 형성하고 있었는데, 커밍업 넥스트 사태 이후로 이들의 힘이 많이 약해졌다.

하지만 약해졌을 뿐 사라진 건 아니었고, 사사건건 라인 복귀를 위해 힘을 쓰고 있었다.

이때 이들에게 가장 치명타로 작용할 것은 '세달백일의 성공'이다.

결국 커밍업 넥스트 사태의 근본을 뜯어보면 라이언 엔터와 세달백일의 대립에서 출발한 거니까.

셀프 메이드도 성공하긴 했지만, 그건 딱 눈에 보이는 만큼 성공한 거니까.

회사 입장에서는 눈에 보이지 않는 성공이 더 중요한 순간들이 있다.

이런 이유로 진행된 엠쇼의 배팅은 대성공을 거두었다.

오죽하면 세달백일의 다음 콘서트를 함께 제작해 보자는 이야기까지 나오고 있었으니까.

그랬다.

엠쇼는 〈STAGE〉의 제작 지분을 가지고 있었다.

물론 이런 일에 능숙한 한시온이 손해를 본 건 아니고, 어떤 의미에서는 명예를 내주고 실리를 취한 것이었다.

이쯤 되니 공중파 방송국 입장에서는 기분이 썩 좋지는 않았다.

드라마국과 예능국은 사이도 나쁘지만, 성격도 다르다.

드라마국의 콘텐츠는 개별이다.

2년 내내 똥망하는 시청률의 드라마만 론칭했더라도 딱 한 번 시청률 30%짜리 드라마를 론칭하면 게임이 끝난다.

왜냐하면, 드라마국은 개별 드라마로 평가를 받기 때문이었다.

그에 반해 예능국은 오래달리기다.

연출자와 작가로 이루어진 드라마국의 콘텐츠 제작 단위와 다르게, 예능국은 하나의 국 자체가 제작 단위다.

간판 프로그램이 생기면 거기서 파생된 수많은 새끼 피디와 새끼 작가들이 경험을 나눠 갖고, 다시 예능국의 재산이 된다.

예전에는 이게 정말 심한 경계선이어서, 방송에서 타 방송국의 이름을 언급하는 것조차 금기였다.

 그러다가 2000년대 중반에 접어들어서 M사, S사, K사 정도의 대명사로는 부르게 되었고, 다시 2010년대 중반에 들어서는 정확한 명칭을 부르게 된 것이었다.

 그러니까 공중파 방송국들이 세달백일을 보이콧하는 건 '진짜 싫어서'가 아니다.

 한시온이 눈치 챘던 것처럼 최대호가 손을 쓸 영역도 아니다.

 방송국의 보이콧은 밀당이고, 꼬장이다.

 우리도 너희가 하는 사업에 끼워 달라고.

 우리한테도 이 정도 파워가 있으니까, 너무 고자세로 나오지 말라고.

 딱 이 정도 수준이었다.

 세달백일 입장에서도 해결책은 정말 간단했다.

 각 공중파 3사의 예능국과 뭘 같이 하면 된다.

 즉, 몇 년 뒤 〈STAGE〉가 써 내렸던 역사를 바라보게 됐을 때, 그들의 이름도 같이 있으면 된다.

 엠쇼의 이름만 달랑 올라가는 게 아니라.

 이건 그만큼 〈STAGE〉의 성공이 어마어마할 거라는 업계의 예측이었고, 어쩌면 세달백일은 지금이 가장 쌀 수도 있겠다는 저점 매수 예측이었다.

정말로 〈STAGE〉가 빅 히트를 치면 다음부터는 기회가 없을 수도 있으니까.

하지만 방송국들이 몰랐던 게 있었다.

한시온이 회귀자라는 것이었다.

* * *

"좋다고?"

"네."

"아니, 왜요?"

서승현 본부장의 말에 어깨를 으쓱했다.

"기회가 온 것 같아서요."

"기회? 무슨 기회?"

하지만 난 더 이상 대답하진 않았다.

서승현 본부장을 믿지 못하는 건 아니지만, 그렇다고 뼛속까지 믿는 건 아니다.

난 사람을 섣불리 의심하지 않는다.

그건 성선설을 믿거나, 사람이 호의를 가지고 태어났다는 감정 때문이 아니다.

인간은 언제든지 악해질 수 있고, 또 언제든지 선해질 수도 있기 때문이었다.

무수한 회귀를 하면서 만난 사람들 중에 단면적인 사람

은 없었다.
 모두가 양면적이다.
 처음 만남에서는 자신을 희생하면서까지 날 도와주던 조력자도, 그 다음 생에서는 나에게 1달러도 양보하기 싫어하는 관계가 될 수 있다.
 그러니 내가 할 일은 서승현 본부장이 현재의 상태를 유지하도록 상황을 이끌어 가는 것이다.
 다음 생에는 어떨지 모르겠지만, 이번 생에는 우리와 영광을 함께하도록.
 2집 앨범의 성공에 따라서 스톡옵션도 생각 중이다.
 그래야지만 설령 내가 사라진 세계가 찾아오더라도, 세달백일 멤버들이 잘 살아가겠지.
 솔직히 말하자면 우리 멤버들 중에서 사업 감각이 있는 놈은 없다.
 그나마 싹수가 있는 사람이라면 최재성 정도?
 구태환은 눈치는 빠른데 그 눈치를 어떻게 잘 써먹어야 할지 몰라서, 오히려 노련한 사업가들에게는 농락당하기 쉬운 타입이고.
 "이건 좀 더 계획을 세워 보고 말씀드릴게요."
 "아니, 왜요?"
 "반대하실 게 뻔해서."
 "설마 공중파랑 척을 질 생각은 아니죠?"

"에이, 제가 사춘기도 아니고."

그렇게 말하고는 대화의 화제를 돌렸다.

자세히 말해 줄 생각은 없지만, 이 자리에서 운을 뗀 건 서승현 본부장이 나중에라도 무시당했다는 감정을 느끼지 않길 원해서였다.

"자자, 그러면 우리 2집 이야기 좀 하죠. 더 팔리겠죠?"

"더 팔리게 만들어야죠."

그렇게 우리는 2집 앨범의 판매 전략에 대한 이야기를 나눴다.

특히 주안점으로 다루는 것은 음원의 공개 시점이었다.

원래는 음원 공개가 다음 주로 예정되어 있었는데, 이게 옳은 판단인지 잘 모르겠다.

이해는 할 수 없는(이성적으로는 이해했지만) 유행이 불어닥쳤다.

우리의 피지컬 앨범을 사서 함께 재생하는 이상한 인증법이 사람들 사이에서 유행 중이다.

그 안에는 '너희는 아직 이거 못 들었지?'라는 자랑의 마음도 분명 있을 거다.

한데 스트리밍에 음원이 공개되는 순간 저 마음이 사라진다.

하지만 그렇다고 음원 공개를 더 뒤로 미루자니 마음에 걸리는 것도 많다.

저 유행으로 인해 생기는 파이와 음원 공개로 인해 생기는 파이 중 뭐가 더 큰지 모르겠다.

"그건 제가 한번 조사해 보겠습니다. 리서치를 돌려 보죠."

"부탁드릴게요."

"아, 그리고 HR 코퍼레이션에서 연락이 왔는데……."

그렇게 얼마의 시간이 흐르고 회의가 끝났다.

서승현 본부장은 회의실을 빠져나가면서 나에게만 보이게 스마트폰을 톡톡 두드렸다.

잠시 뒤 도착한 문자는.

[멤버들에게 합의를 구할 게 있으면 빨리 하시죠.]
[빨리요?]
[보이콧이 오히려 좋다는 게, 유닛 앨범의 평가 때문이 아닌가요?]

무슨 말인가 했는데, 서승현 본부장의 오해를 깨달았다.

이건 바로 얼마 전에 엠쇼와도 상의를 한 부분인데, 유닛 + 2집의 음방 구성과 단독 2집의 음방 구성 중 고민이 많았다.

유닛을 다 포함해 버리면 방송 볼륨이 너무 늘어나는데, 또 빼자니 인기가 너무 좋다.

한데 여기서 엠쇼가 하지 못한 말은 최재성이다.

최재성의 유닛 앨범인 〈Side B〉는 세달백일의 정규 앨범인 〈Stage〉랑 안 어울린다.

그러니까, 결이 너무 다르다.

최재성의 앨범은 신스 팝이지만 그 쓰임새는 파티 튠에 가까운데, 〈Stage〉는 파티 튠과는 거리가 상당히 멀기 때문이었다.

그도 그럴 게, 내가 〈Stage〉에서 강렬하게 쓰인 라인을 가져와서 신나게 바꾼 게 최재성의 앨범이다

강렬함과 신남은 완전 다른 영역이니까.

그래서 엠쇼는 말은 못하지만 최재성을 제외한 유닛을 무대로 만들고 싶어 했지만, 이건 내가 거절했다.

굳이 그럴 필요가 없으니까.

하지만 공중파는 엠쇼와는 다르게 이걸 강요할 확률이 높고, 서승현 본부장은 그것 때문에 내가 태연한 척을 했다고 오해하는 것이었다.

하지만 이건 100% 오해다.

난 유닛 앨범의 무대에 별로 관심이 없다.

최재성이 하고 싶다고 하면 무슨 일이 있어도 하게 만들어 줄 것이고, 최재성이 하기 싫다고 하면 안 하게 만들어 줄 것이다.

"뭐 해?"

그런 생각을 하고 있는데 세달백일 멤버들이 고개를 갸웃한다.

"가자, 시온아."

"잠깐 앉아 봐요. 할 말이 있으니까."

슬그머니 자리에 앉던 이이온이 진짜 생각지도 못한 말을 꺼냈다.

"연애해?"

"네?"

"아니 아까부터 핸드폰을 너무 열심히 만지길래. 원래 안 그러잖아."

"연애하면 앨범 안 팔려요. 다들 2억 장 팔기 전에는 금지입니다."

"……."

멤버들은 조금 당황하는 것 같았지만, 별말은 없었다.

중요한 이야기를 꺼낼 때라서 분위기를 만들고는 입을 열었다.

"아까 내가 오히려 좋다고 했던 거 기억하죠?"

"공중파 보이콧?"

"네."

"무슨 생각이 있는 거야?"

근데 좀 이상하다.

공중파가 보이콧을 한다는데 멤버들이 왜 이렇게 태연

하지?

"다들 상관없어요? 너무 태연한데."

"뭐 어때, 앨범 잘 만들었는데. 우리 돈도 많이 생겼는데 팬들이랑 소통할 방법은 음방보다 더 좋은 걸로 찾아봐야지."

물론 팬들은 음방에서 1위를 하는 걸 너무 좋아하기 때문에 완벽히 대체는 불가능하다는 게 최재성의 부연 설명이었다.

"근데 왜 오히려 좋다는 거야?"

구태환의 질문에 어깨를 으쓱했다.

원래는 코로나 시기까지 좀 기다리려고 했다.

그때면 쇼 비즈니스가 격변하는 시기고, 엔터테인먼트 못지않게 가수 개개인의 힘이 세지는 시기다.

코로나로 인해 개인 방송이나 개인 콘텐츠가 어마어마하게 힘을 얻고, 기회도 많이 생기니까.

하지만 그럴 필요가 없을 것 같다.

"줄을 좀 세워 보려고요."

"줄? 무슨 줄?"

"최대호랑 우리를 두고."

"뭐?"

최대호는 나에게 백기를 들었지만, 난 그걸로 전쟁을 끝낼 생각이 없다.

맞았으니, 갚아야 한다.
그렇지 않으면 얕보이는 게 이 바닥이다.
그랬다.
나에게 이번 보이콧이 복수의 기회였다.

* * *

HR 코퍼레이션은 프로 중의 프로다.
그들의 빌보드의 일정 부분을 점유하고, 미국 음악 산업의 터줏대감이라고 불리는 이유는 간단하다.
그만큼 일을 잘하기 때문이었다.
그런 이들이 〈The First Day〉의 판매를 위해 움직이기 시작했다.
목표는 다이아몬드(1,000만 장).
"다이아몬드? 2018년에?"
"이 친구 엘비스 프레슬리라도 돼?"
"엘비스도 지금 나오면 어림없을걸?"
회사가 목표치를 높이 잡는 건 당연한 일이지만, 천만 장은 지나치다는 의견이 HR 코퍼레이션을 휩쓸었다.
하지만 CEO로 취임 이후 첫 프로젝트를 푸쉬하게 된 앤드류 브라이언트는 아랑곳하지 않았다.
남들은 어이없어 하지만, 그는 진심으로 천만 장을 목

표로 하고 있었으니까.

조금 더 자세한 계산법을 이야기해보자면 미국 내에서 500만 장을 팔고, 전 세계로 500만 장을 팔 계획이다.

특정 인종이나 특정 계층에게만 먹히는 음악이 아니라면, 보통 HR 코퍼레이션은 미국에서 소화한 물량만큼 전 세계에서 소화한다.

아시아인은 전 세계에 퍼져 있고, 그들은 미국인들과는 다른 유대감을 형성한다.

프리미어리그에서 한국인 선수가 활약을 하면, 중국인(과격한 국가주의자들을 제외하면)들이 자랑스러워한다.

이런 앤드류 브라이언트의 의견이 '어쩌면 조금은 가능성이 있을지도?'라는 평가를 받게 된 건, TFD의 영문 버전 녹음이 끝났을 때였다.

'신기하단 말이지.'

한시온의 수많은 재능 중에서 가장 이해하기 힘든 건 영어의 사용이다.

한시온의 영어는 완벽하다.

문맥적으로 완벽하다는 게 아니라, 로컬에서 사용하는 완벽한 구어다.

한시온의 요청에 따라 3개의 트랙에는 전문 번안가가 붙었지만, 나머지는 전부 한시온이 쓴 게 아니던가?

어떻게 이럴 수가 있는지 잘 모르겠다.

하지만 아주 즐거운 놀라움이다.

그렇게 한국에서 날아온 사운드 트랙을 HR 코퍼레이션의 산하 스튜디오가 믹싱과 마스터링을 진행했다.

한시온도 이 부분에 노련한 걸 알지만, 이건 HR 코퍼레이션이 양보할 수 없는 일이다.

사운드의 결은 회사의 브랜드와 연결된 일이니까.

HR 코퍼레이션 같은 거대 기업들은 수많은 음악 레이블을 가지고 있는데, 레이블 색체의 결을 지키는 것도 중요한 마케팅이다.

그렇게 시작된 후반 작업.

한시온이 청아하게 믹싱했던 기타가 아주 조금 지저분해지고, 보컬의 피치의 무게 중심이 하이 EQ에서 미들 EQ로 옮겨졌다.

드럼은 고스트 노트를 더 대놓고 표방했고, 들릴 듯 말 듯한 베이스가 더 잘 들리게 됐다.

믹싱과 마스터링은 단지 듣기 좋은 소리를 만들어 내는 기술 과정이 아니다.

익숙한 문화적 색채도 들어간다.

그리고 HR은 전통적인 미국식 사운드의 신봉자였다.

그 결과…….

"워우."

"이건 먹히겠는데요?"

"다이아몬드는 몰라도 최소 트리플 플래티넘은……."

한시온의 오리지널 사운드 트랙을 듣고 박수를 쳤던 이들이 환호성을 내지르기 시작했다.

남은 건 커버를 디자인하고, 앨범을 생산하고, 미국인들이 좋아하는 포장지 안에 내용물을 넣는 일이었다.

이건 시간이 해결해 줄 일이다.

그때쯤 계약이 완료되었다.

세달백일과의 계약이 아니다.

TFD에 참여한 수많은 아티스트들과의 임시 계약이었다.

얀코스 그린우드, 도널드 맥거스부터 시작해서 메리 존스와 크리스 에드워드까지.

이 어벤져스들을 한 곳에 모은 한시온의 음악적 역량도 대단하고, 그걸로 앨범 한 장 만들고 말았던 심플함도 대단하다.

HR 코퍼레이션은 이들과 계약을 끝낸 이후 '심플함'을 '복잡함'으로 바꿔 보려고 했다.

한시온은 심플하게 앨범을 팔고 돈을 받았지만, HR 코퍼레이션은 더 복잡하게 돈을 벌겠다는 것이었다.

그 시작은 영원한 소년 감성을 가지고 있는, 블루스의 뿌리 깊은 거목 도널드 맥거스였다.

* * *

[레이디스 앤 젠틀맨! 도널드 맥거스입니다!]

도널드 맥거스는 유명 인사지만 유명 토크 쇼에 출연하는 이는 아니다.
유명한 것과 돈이 되는 이미지는 엄연히 다르기 때문에, 방송국에서는 도널드 맥거스를 S급 출연자로 생각하지 않는다.
하지만 도널드 맥거스의 에이전트는 출연료를 S급으로 요구한다.
이런 간극에서 그동안 꽤 오랜 시간 동안(앨범 홍보 제외) TV에 나오지 않았던 도널드 맥거스였다.
하지만 이런 사실을 모르는 시청자들 중에는 도널드 맥거스의 얼굴을 보고 채널을 돌리기도 했고, 도널드 맥거스를 반가워하며 소파에 앉기도 했다.

[어떻게 지냈나요?]
[절 노미네이트 하지 않은 그래미 어워드를 저주하면서 지내고 있죠.]

얼마 전에 개최되었던 그래미 어워드 시상식에서 도널

드 맥거스는 단 하나의 노미네이트도 받지 못했다.

하지만 시청자들과 방청객들의 웃음이 터진다.

앨범을 안냈으니 당연히 노미네이트되지 않은 것이니 말이었다.

조크를 던진 도널드 맥거스와 사회자는 이런저런 신변잡기를 나누었다.

그들이 출연한 엘런 하이 토크쇼는 HBO의 레이블이 제작하는 곳이다.

즉, 크리스 에드워드와 함께 촬영했던 다큐멘터리의 홍보가 최우선이라는 것이었다.

하지만 여기에 자본을 얹은 게 HR 코퍼레이션이었고, 정해진 쇼는 정해진 곳에 닿았다.

[블루스라는 게 이쯤 되면 음악 장르라기보다는 근간이라는 느낌이 들죠? 모든 음악에 포함된.]

사회자는 블루스와 관련된 이야기를 하다가, 최근 블루스에서 떠오르는 몇몇 신인 뮤지션들을 언급했다.

[이들에 대해서 어떻게 평가하나요?]
[예쁘장한 보이 밴드를 평가하는 곳은 따로 있지 않나요?]

[네?]
[이 쓰레기들은 NME나 뭐 그런 곳에 물어보지 그래요?]
[와우, 강력한데요?]

도널드 맥거스는 독설가는 아니지만, 솔직한 사람이다. 그 솔직함 때문에 호감을 사기도, 공분을 사기도 했다.
이번에는 후자일 확률이 높았다.
사회자는 꽤 당황한 눈빛으로 되물었다.

[하지만 이 친구들의 앨범 판매량이 심상치 않은 걸요? 블루스의 팬들에게 제대로 지지를 받고 있습니다.]
[뭐가 좋은지 모르는 썩은 귀들이겠죠.]

제대로 컨셉을 잡았는지, 도널드는 날선 말을 날렸고, 사회자는 상황을 진정시키면서도 정해진 대본을 이어 갔다.

* * *

-지나친 발언이야.
-지나간 세대의 늙은이들은 언제나 세대가 지나갔다

는 걸 인정하지 못하지.
 -그걸 실천하는 가장 쉬운 방법이 다음 세대를 공격하는 것이고.

 도널드 맥거스의 발언은 상당한 파문을 일으켰다.
 특히 젊은 블루스 아티스트들의 수려한 외모와 뛰어난 말재간으로 젊은 팬 층을 보유하고 있었기 때문이었다.
 도널드 맥거스에서 욕을 먹은 3명의 뮤지션 중 2명은 수긍했다.

 [그가 그렇다면 그런 거다. 미국의 블루스가 포스라면, 그는 요다니까.]
 [키 때문에 다스 베이더가 될 수는 없겠지?]

 다만 도널드 맥거스의 볼품없는 외모를 살짝 멕이는 듯한 뉘앙스로 말을 끝내긴 했지만, 이 정도면 양호하다.
 하지만 남은 한 명, '잉위 게이치'는 참지 않았다.

 [노망난 늙은이가 한 말에 너무 의미를 둘 필요는 없다. 그의 블루스는 3집에서 머물렀고, 4집부터 도태됐으니까.]

제대로 들이박으면서 블루스 뮤지션들 간의 비프(Beef : 싸움)를 알린 것이었다.

록이나 힙합 씬에서 머리를 박고 싸우는 건 흔한 일이지만, 블루스씬에서는 드문 일이다.

언론은 당연히 신이 나서 이들의 비프를 퍼다 나르기 시작했고, 잉위 게이치는 멈추지 않았다.

[그가 노망이 났거나, 돈이 필요해서 입을 놀리는 중이라는 증거가 하나 더 있지.]

그쯤해서 잉위 게이치는 도널드 맥거스의 과거 발언들을 끄집어냈다.

⟨The First Day⟩에 대해 했던 발언들이었다.

벌써 꽤 지난 일이 되어 버렸지만, 도널드 맥거스는 TFD와 한시온에 대한 극찬을 퍼부은 적이 있었다.

블루스의 다음 세대를 이끌 뮤지션이란 이야기를 하면서, 한시온의 재능이 블루스가 아니라 음악 전체를 아우르는 게 아쉬울 지경이라는 칭찬까지 퍼부었었다.

도널드 맥거스가 얼마나 떠들어 댔으면 블루스의 팬들 중에 TFD를 사서 듣는 이들이 나왔을 정도였으니까.

그 뒤로는 거장들이 한 마디씩 붙이면서 각자 장르의 팬들이 TFD를 구매했었고.

그렇게 미국 판매량이 골드를 넘어섰던 것이었다.
하지만 지금은 이 발언들이 독이 되는 듯했다.
그럼에도 도널드 맥거스는 당당했다.

[손보다 눈이 병신인 놈이었어. HBO 아이디는 있냐?]

때마침 HBO의 다큐멘터리가 공개되었다.
 HBO의 다큐멘터리에는 수많은 내용들이 있었고, 도널드 맥거스의 엄청난 실력도 제대로 담겨져 있었다.
 그의 기타가 블루 노트를 제대로 가지고 놀 때면 박수를 칠 수밖에 없었다.
 또한, 크리스 에드워드와 도널드 맥거스의 대화도 있었다.

[……! 뭐야, 여기서 끝이야?]
[꿈에서 도널드 맥거스의 연주를 봤다고 하더군요.]
[누가?]

다큐멘터리에 출연조차 하지 않는 자이온과 그의 곡은 제대로 들려지지 않았다.
 하지만 그날 저녁, 도널드 맥거스가 술에 잔뜩 취해서 루프탑에서 기타를 치는 장면은 일품이었다.

다큐멘터리를 보는 사람들은 모두가 엄청난 곡이 탄생했다고 생각했지만…….

[재미있는 거짓말을 하는 친구였네.]

사실 그 곡은 한시온이 쓴 곡이었다.
도널드 맥거스는 그걸 직접 연주해 보고는 바로 깨달았고.
다큐멘터리에서는 여기가 끝이었다.
자막으로 '그 뒤로 도널드 맥거스는 자이온이 프로듀싱한 K팝 그룹의 앨범에 참여했다.'로 끝날 뿐이었다.
세달백일의 이름도, 앨범명도 없다.
누가 봐도 본인들과 상관없으니 언급해 주지 않는 모양새.
프로모션처럼 보이지 않는다.
하지만 느릿느릿하고 은밀한 이 모든 과정은 HR 코퍼레이션이 다이아몬드에 닿기 위해 계획한 일이었다.
심지어…….
다큐멘터리의 발매에 맞춰 포섭된 젊은 블루스 뮤지션들도, 도널드 맥거스와 날선 비프를 주고받는 잉위 게이치조차 전부 포섭된 판이었다.

* * *

"CP님. 세달백일에서 연락이 왔는데요?"
"느리네."

MBN의 예능국 CP는 그렇게 말하면서도 세달백일과의 약속을 잡았다.

PD들도 얼핏 눈치를 채고 있겠지만, MBN은 세달백일에게 어깃장을 부리고 있다.

음방을 비롯한 출연권을 전부 보이콧하면서 한 마디의 메시지를 전달하는 중.

'같이 먹고살자……. 정도겠지?'

말만 보이콧이지 전부 열려 있다.

세달백일의 회사에서 음방 일정을 잡을 때 말씀하신 주차는 힘들지만, 협의를 통해 원하는 일정에 도달해 보자는 답변이 나갔으니까.

이 정도면 유치원생이라도 알아먹을 수준이다.

아마 무던한 협상이 될 것이다.

세달백일은 그들의 어마어마한 성공 옆에 MBN의 이름도 내어 줄 자리표를 만들 것이고, MBN은 명예와 친분을 교환하는 식으로.

하지만 다음 날.

CP는 서승현 본부장과 한시온을 자리에 두고 진행하는

미팅에서 당황할 수밖에 없었다.

"메일이나 전화 통화로는 혹시라도 오해가 생길 수도 있어서 직접 전달해 드리려고 왔습니다."

"이번 활동에서 저희 스케줄상 음악 방송은 힘들 것 같습니다."

그러나 CP는 이게 되도 않는 협박이라는 걸 잘 알고 있었다.

지금 적절한 협상이 이루어지지 않으면 가짜 보이콧은 진짜 보이콧이 되니까.

잠시 생각을 정리한 CP가 입을 열었다.

"그렇다면 케이블 채널의 음악 방송에도 출연을 못하시나 봅니다?"

케이블 채널이라는 단어를 썼지만, MBN의 CP가 지적하고 싶은 것은 엠쇼였다.

간단한 논리다.

공중파 방송국들은 세달백일에게 구애를 보냈다.

우리가 생각해도 너희 앨범 잘될 것 같으니까, 그 영광을 엠쇼에만 나눠 주지 말라고.

일종의 츤데레다.

귀여운 보이콧이 포함된.

하지만 이에 대한 세달백일의 태도는 '아, 우리 바빠서 음방 못할 듯'이었다.

세달백일이 왜 이런 태도를 보이겠는가?

공중파와 머리채를 잡고 싸울 수는 없지만, 그렇다고 앨범 성공의 지분을 양보하고 싶지도 않은 거다.

즉, 세달백일은 관계의 유예를 택했다.

지금은 저희가 바빠서 음방을 못한다는 말로.

세달백일이 다시 협상 테이블에 올라오는 건, 아마도 2집 앨범의 성공 이후일 것이었다.

흔한 비즈니스 전략이다.

난감한 상황에 유리한 순간까지 시간을 끄는.

그래서 SBI 엔터테인먼트에서 가장 직급이 높은 본부장과 세달백일의 리더인 한시온이 함께 찾아온 것이다.

이들이 찾아와서 '오해하지 말고 들어 봐, 우리가 진짜로 바빠서 그래'라는 말을 보태기 위해서.

하지만 CP 입장에서는 이렇게 상황이 끝나면 무능력하다는 소리만 듣는다.

그래서 질문을 던진 것이었다.

그 음방 스케줄이 빠지는 게 엠쇼도 마찬가지냐고.

CP의 질문을 받은 서승현 본부장이 침착하게 입을 열었다.

"그건 아닙니다. 사실 스케줄상 그쪽도 빼야 하긴 하는데……. 아시다시피 커머셜 광고가 좀 많았습니까?"

TV 광고 때문에 어쩔 수가 없다.

너희도 알지 않냐.

엠쇼가 우리를 팍팍 밀어준 거.

"없는 시간 쪼개서 엠쇼에는 출연하지만, 아마 한두 번으로 그칠 것 같습니다."

엠쇼도 체면 세울 정도로만 출연할 거고, 우리 진짜 바쁘다.

서승현 본부장의 너스레는 거짓말일 거다.

말은 저렇게 하지만 아마 국내 활동 4주를 꽉 채워서 출연할 것이었다.

이쯤 되니 CP의 미간이 좁아졌다.

서승현 본부장의 의도도 알겠고, 저쪽 입장에서는 당연히 해야 할 말이라는 것도 알겠다.

하지만…….

너무 대안이 없지 않은가?

사업에서 가장 부질없는 게 '나한테 이런 사정이 있다'라는 것이다.

사정은 중요하지 않다.

서로가 만족할 만한 상황이 중요하다.

결국 CP의 입장에서도 나올 만한 말이 나올 수밖에 없었다.

"아무리 공중파 음악 방송의 시청률이 저조하다고는 하지만……. 그래도 세달백일의 음방을 보고 싶어 하는 팬들이 있지 않겠습니까? 재고해 주시죠."

간곡한 부탁의 어조.

하지만 뉘앙스만 그럴 뿐, 내용은 명백한 협박이었다.

이쯤 되니 서승현 본부장도 난감한 표정을 짓는다.

그리고 입술을 깨물고는 입을 열지 못한다.

그 표정에 CP는 오히려 당황했다.

'뭐야. 진짜로 이게 끝이야?'

여기서부터 진짜 협상의 시작이라고 생각했었다.

하지만 정말 어이없게도 SBI 엔터는 이다음 플랜이 없는 것 같았다.

서승현 본부장이 업계에서 유명한 사람은 아니었지만, 그렇다고 룰을 모르는 사람도 아니다.

여기서 끝날 대화가 아니라는 걸 누구보다 잘 아는 사람이 왜 그럴까?

CP의 의문을 해결해 준 것은 한시온이었다.

그는 처음엔 침착한 표정을 짓고 있었지만, 서승현 본부장과 CP의 대화가 이어질수록 얼굴에 불만이 가득했다.

그리고는 폭탄 발언을 꺼냈다.

"아니, 본부장님."

"그, 시온아. 네 말은……."

"아뇨. 전 말해야겠는데요?"

"그건 지금 여기서 꺼낼 만한 이야기가 아니라니까?"
"스케줄 빼려면 뺄 수 있잖아요. 잠을 덜 자면 되고. 저희가 음방 못 나가는 이유는 그게 아니잖아요?"

CP의 얼굴에 황당함이 어렸다.

'저게 무슨 똥 뿌리는 소리야?'

이러면 서승현 본부장이 구구절절 했던 이야기가 전부 거짓말이라는 게 증명됐다.

그것도 한시온의 입을 통해서.

'이상하네? 한시온은 제법 똑똑한 것 같았는데?'

한시온과 함께 일을 해 본 방송가 사람들의 입을 통해서 전달되는 말이다.

방송가에는 고학력자들이 즐비하다.

그들이 고졸, 혹은 고졸도 되지 못한 아이돌을 보면서 똑똑하다고 평가하는 건 드문 일이다.

예의 바르다, 부지런하다, 최선을 다한다 등등의 수식어가 붙는 거면 몰라도.

하지만 CP는 이어진 말을 통해서 상황을 이해했다.

"보여 줘야죠. 최대호한테."

한시온의 나이쯤 되면 이성보다 감성이 앞서는 순간이 있고, 그게 지금이라는 걸.

세달백일이 최대호 대표와 라이언 엔터에게 압박을 당했다는 건, 방송국 FD도 아는 사실이다.

그리고 세달백일이 그걸 극복해 냈다는 것도 모두가 안다.

하지만 극복과 복수는 다르다.

극복은 견뎌 낸 거고, 복수는 갚아 주는 거다.

한시온은 최대호에게 복수하고 싶어 한다.

하지만 좀 이상하다.

CP가 알기로 테이크씬은 활동 예정이 없다.

그들은 세달백일과의 서사 때문에 머리채 잡히는 일이 없는 해외 스케줄 위주로 활동을 짰다.

한국에 있어 봤자 세달백일이 어마어마하게 잘나가니까, 자꾸 비교당하고 조롱만 사니까.

그래서 일본 활동을 시작했는데, 울며 겨자 먹기라는 여론이 많았다.

제대로 준비하고 갔다기보다는 머리부터 들이받고 본 느낌이니까.

그런데 최대호한테 뭘 보여 준다는 것인가?

그때 한시온이 CP를 휙 쳐다보며 입을 열었다.

"최대호가, 아니 최대호 대표님이 그러더라고요. 너희들이 아무리 음악을 열심히 해 봤자, 회사 시스템 밖에서 하면 무슨 가치가 있겠냐고. 다 부스러기라고."

틀린 말은 아니다.

세달백일의 등장 전에는.

"그래서 한번 보여 주려고요."

"믹스 웨이 말입니까?"

세달백일과 활동이 겹치는 라이언 엔터의 4년차 보이그룹이다.

그룹 자체의 무게감은 좀 떨어지지만, 멤버들 인기는 많다.

개인 활동이 너무 잘돼서 팀 활동보다 개인 활동이 우선되는 그룹이니까.

그래서 오랜만에 완전체로 복귀하는 믹스 웨이에 대한 버즈량이 상당했다.

아마 세달백일에게 잡아먹히지만 않았으면, 더 대박을 쳤을 것이다.

믹스 웨이의 멤버들 중 두 명이나 시청률 8%를 넘기는 드라마의 남주인공이었으니까.

"네. 믹스 웨이요."

"보여 주려면 음방에서 경쟁해서 1위를 차지하면 되는 거 아닙니까?"

"아뇨. 전 회사 시스템이랑 붙어 보고 싶은데요?"

한시온이 눈을 빛내며 말했다.

"저희가 활동하는 시기에 라이언 엔터 가수가 출연하지 않으면 음방에 출연하겠습니다."

"허, 참. 한시온 씨, 그게 얼마나 말도 안 되고 무리한 요구인 줄은 알죠?"

"알죠."

"그럼요?"

"알면서 말하는 겁니다. 최대호 대표 귀에 들어가게. 이걸 여기서만 이야기할 게 아니잖아요?"

말도 안 되는 소리다.

세달백일이 아무리 잘나간다고 해도 그딴 이유로 라이언 엔터를 보이콧할 곳은 없다.

그렇다고 라이언 엔터가 일정을 옮기는 것도 말이 안 된다.

그건 엔터사가 자존심을 구기는 일이다.

이게 정말 업계를 조금이라도 아는 사람 입에서 나올…….

'잠깐만.'

CP가 멈칫했다.

CP가 난감한 표정을 짓는 서승현 본부장과 냉담한 표정을 짓는 한시온을 가만히 쳐다보았다.

둘 다 표정 연기가 능숙한지 큰 티는 나지 않는다.

하지만 저건 연기다.

"합의점을 찾아 봅시다. 솔직한 이야기를 좀 해 주시죠."

"솔직한 심정입니다."

"라이언 엔터를 보이콧하면 출연하겠다는 게 솔직한

심정이라고요? 그럼 엠쇼에서는 해 줍니까?"

"네. 해 줍니다."

"해 준다고요?"

"네. 해 주기로 했으니까요."

"……금방 들통날 거짓말은 아니죠?"

"아닙니다. 알아보시죠."

CP가 한숨을 내쉬었다.

이미 서로의 패는 확인했다.

세달백일은 거짓말을 하고 있고, 방송국은 그 거짓말을 알고 있다.

하지만 이건 어쩔 수가 없다.

"합의점은 다시 한번 도출해 보죠."

미팅을 끝내는 수밖에.

서승현 본부장과 한시온이 인사를 하고 미팅장을 빠져나가자, 음악 방송의 메인 PD가 후다닥 달려왔다.

음방 PD 입장에서는 세달백일과 어떻게 협의가 됐는지를 알 필요가 있다.

세달백일의 팬덤에게서 어마어마한 문의가 오고 있으니까.

음방 일정이 픽스가 된 건지, 왜 사전 예고에 세달백일의 이름이 없는 건지에 대해서.

"어떻게 됐습니까, 선배님?"

"졸라 똑똑하네……."

"네?"

CP가 한숨과 함께 입을 열었다.

"그러니까, 자기들이 활동할 때는 라이언 엔터 소속 가수들을 출연시키지 말아 달라?"

"어."

"미친 거 아닙니까? 뭐 저렇게 건방지고 말도 안 되는 소리를 당당하게 합니까?"

"쟤들이 모르겠냐? 모르고 한 말이겠어?"

"그럼 알고 한 말이란 말입니까?"

"어."

"왜요?"

"상황의 메인 안건을 바꾸는 거지."

이 미팅 전까지만 해도 세달백일과 방송국의 줄다리기에는 정규 2집 앨범 〈Stage〉가 메인 안건이었다.

〈STAGE〉가 성공할 건 뻔한데, 거기 엠쇼의 지분이 너무 많이 묻어 있다.

공중파가 엠쇼의 성공을 홍보해 주는 꼴이 될 수는 없지 않은가?

그래서 공중파들은 너희의 명예 옆에 우리의 이름을 써 넣을 명분을 달라고 제안을 한 것이었다.

음방 출연 거부라는 방식으로.

하지만 세달백일은 이것을 '복수'로 치환했다.

우린 라이언 엔터랑 같은 하늘을 짊어지고 살 수가 없으니까, 라이언 엔터를 보이콧하지 않으면 음방 출연을 거부하겠다.

"어……."

"모르겠어? 저 음방 출연 거부의 주체가 바뀌었잖아."

"아!"

그전까지는 공중파가 세달백일의 음방 출연을 거부하는 것이었다면, 이제부터는 세달백일이 공중파의 음방을 거부하는 것이 된다.

"하지만 그게 문제가 됩니까?"

"세달백일이 2집 앨범을 200만 장을 팔았다고 쳐 보자고. 근데 공중파 음방에는 안 나와. 사람들이 미친 듯이 문의해. 그럼 사장단에 보고해야겠지?"

"해야죠."

"그럼 뭐라고 보고할 거야?"

원래대로라면 앨범에 엠쇼 지분이 너무 많아서라고 보고가 될 사안이다.

하지만 세달백일을 새로운 포지셔닝을 취했다.

라이언 엔터와 같은 하늘을 이고 갈 수 없다고.

"하지만 거짓말을 하고 있잖습니까?"

"증거 있어?"

"그야 상황이……."

"아, 그럼 사장단 앞에 가서 그래? 이게요. 아무 증거는 없는데요. 세달백일이 상황을 유리하게 만들려고 라이언 엔터를 붙들고 늘어지는 것 같습니다. 이렇게?"

"어……."

"그리고 이게 진짜 상황이 될 수도 있다는 생각은 안 들어? 라이언 엔터가 이 소식을 듣고 어떻게 하겠어?"

"믹스 웨이를 죽어도 음방에 출연시키려고 하겠죠."

"그럼 세달백일은?"

"죽어도 출연 안 하려고 하겠죠."

"그래. 상황이 이어지면 거짓말이 진실이 되는 거야."

"……!"

"세달백일은 저 스탠스를 끝까지 우길 거고, 절대 자기들이 거짓말을 하고 있다는 걸 인정을 안 할 거야. 어쩌면……."

CP는 머릿속을 맴돌고 있던 이야기를 툭 던졌다.

"진짜로 라이언 엔터에 복수하는 것까지도 플랜일지도 모르지."

PD는 여전히 상황을 100% 이해하지는 못하는 것 같았지만, CP는 좀 당황스러웠다.

세달백일을 보이콧한 시작은 CP의 입에서 출발한 게 아니다.

윗선에서 나온 거다.

엠쇼 지분이 잔뜩 묻은 앨범을 공짜로 푸시 해 줘도 되겠냐는 말이 넌지시 나왔으니까.

하지만 상황이 이렇게 전개되면 책임은 CP의 몫이 된다.

방송국이 기획사 갈등 하나 봉합하지 못해서 일이 이렇게 되냐고.

정신이 번쩍 들었다.

만약 이런 상황에서 〈스테이지 넘버 제로〉의 연출자들이 메인스트림을 차지한 SBN의 음방에 세달백일이 출연한다면?

MBN과 KBN의 상황이 더 난처해진다.

'이거 어쩌면……'

정말로 세달백일과 라이언 엔터의 줄을 세워야 할지도 모르겠다.

* * *

"뭐라고?"

자신의 오른팔 격인 박 팀장의 말에 최대호가 황당한 표정을 지었다.

박 팀장이 가져온 소식 때문이었다.

"세달백일이 왜 우리를 물고 늘어져?"

"둘 중 하나인 것 같습니다. 공중파가 압박하니 면피용으로 라이언 엔터의 이름을 들먹였거나, 아니면 진짜로 복수를 하는 중이거나."

"이딴 게 복수가 되나?"

"복수의 성질에 따라 달렸죠. 대표님의 신경을 거슬리게 만드는 것까지 복수라고 생각할 수도 있지 않겠습니까?"

박 팀장의 말에 최대호가 설핏 인상을 구겼다.

박 팀장은 일을 잘하는 사람이고, 그에 맞춰 정확한 워딩을 구사하지만, 종종 그게 거슬릴 때도 있다.

하지만 한시온이 자신의 신경을 거슬리게 만든다는 걸 부정할 순 없다.

굳이 이번 일만이 아니다.

세달백일이 성공하면 성공할수록 거슬린다.

세달백일과는 테이크씬으로 충돌했지만, 사실 라이언 엔터의 총 매출에서 테이크씬이 차지하는 비율은 소소하다.

원래는 소소하면 안 되는데, 소소해졌다.

그러나 라이언 엔터는 테이크씬보다 중요한 수많은 가수들을 데리고 있고, 연초에 세달백일과 정면충돌한 이들도 있었다.

물론 결과는 충돌이 아니게 됐다.

지나가던 트럭이 풀을 밟고 지나간 걸 충돌이라고 부를 수는 없으니까.

하지만 다음 주부터 활동을 시작할 믹스 웨이는 좀 다르다.

업계 관계자들은 믹스 웨이를 '세달백일의 대항마'라고 부르고 있다.

라이언 엔터가 언플을 한 게 아님에도 그렇다.

다만, 냉정히 따지면 산이 높으니 등산가에게도 이슈가 쏠리는 느낌이 컸다.

세달백일이란 산이 높아도 너무 높으니 누가 정복할지가 궁금하지 않겠는가?

덩달아 활동을 서포팅할 준비를 끝낼 믹스 웨이 팬덤의 힘도 집결되고 있었고.

그래서 라이언 엔터의 마케팅 방향도 이와 일맥상통했다.

분명 세달백일은 믹스 웨이보다 기록적으로 훌륭한 성과를 이룰 것이다.

음원 순위도 높을 거고, 피지컬 앨범 판매량도 더 높을 거다.

하지만 모든 부분에 있어서 우위에 설 수는 없다.

분명 특정 부분에서는 믹스 웨이가 우위에 설 것이고,

라이언 엔터의 홍보팀은 거기에 집중을 할 것이다.

'ㅇㅇㅇ로 세달백일을 이긴' 따위의 수식어를 활용해서 말이다.

여기서 가장 좋은 시나리오는 믹스 웨이가 음악 방송 1위를 차지하는 것이다.

음방은 피지컬 앨범 판매량만으로 점수를 매기는 게 아니니까.

믹스 웨이의 앨범이 얼마나 팔리고, 디지털 음원의 성적이 얼마인지에 따라 가능성이 달라지겠지만, 가능성이 없진 않다.

특히 세달백일처럼 방송 활동 점수가 낮은 경우에는.

하지만…….

'이렇게 되면 음방으로 경쟁하는 건 무리인가?'

한시온이 무리수를 던졌다.

세달백일과 라이언 엔터 중에 선택을 하라니.

당연히 라이언 엔터다.

이건 세달백일이 아무리 큰 음악적 성취를 거두어도 마찬가지다.

하지만 지금 중요한 건 현상이 아니다.

이유다.

왜 세달백일이 라이언 엔터를 붙들고 늘어진단 말인가.

"알량한 재능과 재주로 운 좋게 일군 사업체로 목표를 방해하는 게."

"너 때문에 내가 앨범을 몇 장을 손해 봤을 거 같아? 언제 끝나 버릴지 모르는 인내심은?"

"그러니까 얌전히 기다려. 때가 되면 내가 알아서 무너트려 줄 테니까."

설마 그때 말했던 게 진심이란 말인가?

당시의 최대호는 한시온의 서슬 퍼런 기세에 눌려서 당황했었다.

한시온의 눈빛은 정말로 최대호를 깔아 보고 있었으며, 그의 태도에서 위압감이 묻어났으니까.

하지만 돌이켜 보면 우습다.

세달백일이 얼마나 성공하든, 앨범을 몇 장을 팔든, 그게 라이언 엔터의 사업과 무슨 상관이란 말인가?

그들이 돈을 아무리 많이 벌어도 대형 기획사를 무너트릴 수는 없다.

정말 몇 조를 벌어서 라이언 엔터의 몰락에 전부 투자하는 게 아니라면.

"박 팀장."

"예."

"자네 생각은 어때? 우리가 어떻게 대응해야 할까?"

"강경 대응을 해야 한다고 생각합니다. 더불어 엠쇼에도 강력하게 항의를 해야 합니다. 엠쇼 음방 스케줄이 안 나오는 것도 이 때문이었던 것 같으니."

"엠쇼야 뭐, 세달백일에 올인을 했으니까. 그것도 웃기지만."

"정치적 이유가 크더군요. 현재 엠쇼에서 메인스트림을 쥔 라인이 간당간당합니다."

"혁명군이 무리수를 두는 건 역사지."

박 팀장의 의견을 들은 최대호 대표가 생각에 잠겼다.

세달백일은 라이언 엔터의 바짓가랑이를 붙들고 늘어졌다.

그 이유는 면피 아니면 복수.

혹은 그 두 가지가 복합된 것일 수도 있다.

그렇다면 현재 세달백일이 가장 싫어하는 게 무엇일까?

가장 벌어지지 않길 바라는 상황.

"흠……."

최대호 대표는 곰곰이 생각에 잠겼다.

그러다가 좋은 생각이 떠올랐다.

"박 팀장. 생각해 보면 세달백일은 테이크씬의 버즈량을 먹고 컸단 말이지."

"네. 그렇습니다. 컬러 쇼 티저도, 뮤직 비디오 티저도, 전부 테이크씬을 겨냥했었으니까요."

박 팀장은 입으로는 그렇게 대답했지만, 속내는 달랐다.
세달백일은 테이크씬을 붙들고 늘어지지 않아도 똑같은 성공을 거뒀을 거다.
　그들이 테이크씬을 붙들고 늘어진 건 효율의 행위가 아니라, 복수의 행위에 가깝다.
　그러나 최대호 대표는 세달백일, 아니 한시온과 관련되면 시야가 흐려진다.
　혁명군이 무리수를 둔다는 건 초조하기 때문이다.
　그리고 박 팀장이 보기에 최대호는 초조하다.
　하지만 월급쟁이는 별말 없이 고개를 끄덕여야 할 때도 있는 법이다.
　"그럼 이번에는 반대로 하면 어떨까?"
　"믹스 웨이가 세달백일과 버즈량을 공유하게 만들자는 말씀이시죠?"
　"맞아."
　"여론을 드리블하는 과정이 좀 지저분할 겁니다. 믹스 웨이 팬덤이 싫어할 수도 있습니다. 특히 믹스 웨이의 이번 앨범은 잘 빠지지 않았습니까?"
　박 팀장이 보기에 세달백일은 마케팅으로 상대할 이들이 아니다.
　세달백일의 마켓은 믹스 웨이와 겹치지 않는다.
　보다 정확히 말하자면 세달백일의 마켓은 너무나 거대

해서 '일반 대중'이라고 봐도 무방하다.

그러니 믹스 웨이는 정공법으로 활동을 하는 게 가장 좋은 방법이다.

하지만 최대호는 이미 본인의 생각에 꽂힌 모양이었다.

물론 그렇다고 최대호 대표의 아이디어가 전혀 근거 없고, 별로라는 건 아니었다.

그는 케이팝 마켓에서 성공한 사업가고, 영리한 사람이다.

"케이팝 팬들 중에 세달백일을 싫어하는 이들도 많아. 이유는 알지?"

"네. 아이돌 문화의 색체를 바꾸고 있으니까요. 대중들이 비교군을 세달백일로 두면서 조롱을 쏟아내는 경우도 많고."

"그래. 얼마 전에 밴드 컨셉으로 나온 애들 누구야."

"블루썸입니다."

"그래. 걔네 괜히 욕먹었잖아. 팬덤이 세달백일 싫어하게 됐고. 원래 적의 적은 동지야."

최대호가 흥에 겨워 말을 이었다.

"믹스 웨이랑 세달백일이랑 같은 링에 올려 버리면, 중립 팬들, 혹은 경쟁 그룹의 팬덤이 믹스 웨이에 붙을 거야."

"믹스 웨이가 최근 개인 활동 덕분에 인지도가 높아졌

으니, 충분히 가능하다는 판단도 서긴 합니다."

"그래. 드라마가 대박 났잖아. 그것도 두 개 씩이나. 기본적인 호감도가 꽤 높을 거야."

최대호가 그리는 그림은 간단하다.

믹스 웨이가 활동을 시작하며 세달백일을 붙들고 늘어지고, 사람들이 두 그룹을 묶어 보게 만든다.

과연 누가 어느 부분에서 더 큰 성과를 거둘지 궁금하게.

물론 정정당당히 싸우진 않을 거고, 믹스 웨이는 라이언 엔터 홍보팀의 가호를 받을 거다.

여기서 한두 분야에서만 믹스 웨이가 이기면 된다.

그러면 라이언 엔터는 동원할 수 있는 모든 언론을 동원해서 믹스 웨이의 성공을 토론할 거다.

정석적인 케이팝을 좋아하는 이들이 믹스 웨이의 편을 들어 줄 거고.

그러면 믹스 웨이의 체급이 한 단계 올라갈 거다.

믹스 웨이의 장점은 멤버들의 개인 활동이 성공적이라는 거고, 단점은 개인 활동의 비중이 너무 크다는 거니까.

팀과 팬덤을 하나로 묶을 수 있는 절호의 기회기도 하다.

"어때?"

"좋습니다. 하지만 우려되는 부분은 리스크가 너무 크

다는 겁니다."

"리스크?"

"자칫 잘못하면 정공법으로 활동했을 때 얻을 수 있는 모든 부분도 포기하게 될 수도 있습니다."

박 팀장이 보기에 세달백일과 엮여서 꼴이 좋았던 그룹이 없으니까.

하지만 최대호는 대놓고 인상을 썼다.

그는 자신의 방식으로 성공한 중년 남성 특유의 고집과 아집을 가지고 있는 이였으니까.

"진행하자고."

"……알겠습니다."

박 팀장은 그저 고개를 끄덕일 수밖에 없었다.

어쨌든 최대호는 그의 월급을 주는 사람이었으니까.

"오늘이 세달백일 초동 집계 마지막 날이지?"

"예. 그렇습니다."

"유닛 앨범과 2집 앨범을 같이 팔면서 초동 자체는 못 닿을 수준은 아니잖아?"

박 팀장은 최대호의 말을 곧장 알아들었다.

"팬 사인회를 최대한 많이 잡아서 초동을 최대한 넘겨 보도록 하겠습니다."

물론 세달백일의 유닛 앨범 3장에 2집 앨범을 합산한 초동을 넘을 수는 없다.

2집 앨범, 딱 하나만 넘으면 된다.

잠시 뒤, 박 팀장이 알아본 세달백일 정규 2집 앨범의 초동 판매량은 68만 장이었다.

유닛 앨범 판매량과 합치면 120만 장이 넘는다.

'미친놈들이군.'

회귀자가 아닌 박 팀장은 모르는 사실이겠지만, 원래도 케이팝 그룹의 초동 판매량은 해가 갈수록 늘어난다.

그리고 그 특이점이 도달하는 해가 2018년이었다.

2018년은 최초로 초동 판매량 100만 장이 돌파되는 해였으니까.

사실 정확히 따지자면 세달백일의 초동 판매량은 68만 장이 맞다.

초동 판매량이 빌보드 리믹스 집계도 아니고, 유닛 앨범의 판매량까지 묶어서 기록할 수는 없었으니까.

아무리 그 유닛 앨범이 2집 앨범에서 파생된 것이라고 해도.

하지만 놀라운 점은 세달백일의 초동 판매 68만 장이 팬 사인회와 무관하다는 것이었다.

100장, 150장, 혹은 200장의 팬 사인회 컷을 위해 사들인 이들이 없다.

심지어 티티 2기와 3기조차도 이번에는 앨범을 다량으로 구매하지 않았다.

이전 팬 사인회에서 확실히 깨달은 것이었다.

세달백일은 한다면 하는 사람들이라는 걸.

그러니 저 68만 장은 정말로 '듣고 싶어서' 산 구매량이다.

여러 장을 산 사람이 없는 건 아니지만, 그것조차도 기꺼이 산 것이다.

5장을 사서 1장은 개봉하고, 1장은 소장하고, 3장은 선물하는 식으로.

그리고, 누군가의 삶을 닫힌 시간선에 던져 버린 악마는 이런 기록을 모두 카운팅해 줬다.

박 팀장과는 상관없는 이야기였지만.

"아, 김 기자님. 오늘 저녁에 시간 돼요?"

그가 할 일은 믹스 웨이를 세달백일과 묶는 일뿐이었다.

           * * *

"시온아. 이거 기사 봤어?"

새미로가 들고 온 스마트폰 속의 기사를 확인했다.

믹스 웨이의 초동 판매량이 세달백일의 초동 판매량을 넘어설지에 대한 이야기였다.

물론 댓글에는 그게 되겠냐는 조롱조의 댓글들이 대다

수였지만, 안 될 것도 없다.

이번 믹스 웨이의 팬싸 컷은 150장쯤 되는 모양인데, 팬 사인회를 어마어마하게 잡았다.

게다가 우리와 엮여서 믹스 웨이가 조롱을 당하니, 믹스 웨이의 팬덤이 똘똘 뭉치는 게 눈에 보일 지경이다.

하지만……

"바보네."

최대호가 움직일 수 있는 몇 가지 경우의 수를 예상했지만, 이렇게 최악의 수를 고를 줄은 몰랐다.

고마워서 안부 문자라도 보내고 싶을 지경이다.

그러자 내 말을 들은 온새미로가 고개를 갸웃했다.

"누가 바보야?"

"누구긴 누구야. 최대호지."

"갑자기 최대호 이름은 왜 나와? 믹스 웨이가 라이언 엔터 소속이라서?"

생각해 보니까 순진한 온새미로는 아직 쇼 비즈니스의 생리에 대해서 잘 모른다.

온새미로가 본 기사들은 최대호가 믹스 웨이를 세달백일과 같은 링에 올렸다는 증거다.

그게 아니라면 이렇게 많은 기사들이 믹스 웨이의 초동과 세달백일의 초동을 연결 지을 이유가 없다.

원래 언론이란 게 그렇다.

언론이 여론이 되기 위해서 필요한 게 머릿수고, 그걸 가장 쉽게 채우는 게 인터넷 기사니까.

"다들 이리 와 봐요."

난 내친김에 세달백일 멤버들에게 최대호가 믹스 웨이와 우리를 같은 카테고리로 묶었다는 걸 설명해 주었다.

이야기를 하다 보니 구태환은 이미 이 사실을 알고 있었고, 최재성은 긴가민가하던 중이었다.

순진한 온새미로와 이이온만 아무 것도 몰랐던 것 같다.

"근데 우리가 초동 판매량에서 질 확률도 있어?"

"있지. 저쪽 팬덤이 똘똘 뭉친 게 보이니까. 팬 사인회도 많이 잡았고."

"그래도 68만인데?"

"목표치가 있으면 달리는 게 사람이거든."

우리의 초동이 168만 장이었다면 모를까, 68만은 닿을 수도 있는 수치다.

그리고 믹스 웨이의 팬덤은 초동 기록이 닿을락 말락하면 기를 쓰고 달릴 거다.

물론 난 그런 행위를 나쁘다고 생각하지 않는다.

팬 사인회는 엔터테인먼트 입장에서 당연히 해야 할 일이고, 팬들도 바라는 일이다.

게다가 팬들이 믹스 웨이를 서포팅하는 건 순수한 팬심과 호의에서 진행되는 일이 아니던가?

개중 세달백일을 싫어하는 이들이 있을 수는 있겠지만, 그런 소수의 사람 때문에 믹스 웨이 전체를 적대시할 이유는 없다.

믹스 웨이에게 아무런 감정이 없기도 하고.

내가 별로라고 생각하는 건, 팬 사인회를 통해 부풀린 초동 수치를 가지고 '세달백일을 이겼다'라고 떠들어 댈 계획을 세운 최대호다.

근데 뭐…….

그것도 할 만한 일이라고 생각한다.

그게 마케팅의 세계니까.

"근데 왜 최대호가 바보라는 거야? 질 수도 있다면서?"
"시온이가 최대호한테 바보라고 했어?"
"네. 저 기사를 보고."

이이온은 놀랍게도 '그래도 어른한테 바보라고 하면 안 되지.'라는 말을 하지 않았다.

최대호는 이이온에게도 확실한 적군으로 포지셔닝이 됐나 보다.

하긴, 적 같은 놈이긴 하지.

음…….

이런 생각하고 속으로 재밌다고 생각하면, 그야말로 나이 티가 나는 거겠지?

"왜 정색을 해?"

"네? 아뇨. 다른 생각했어요."

"왜 바보라는 거야?"

"최대호가 본인의 영향력을 너무 과대평가한 것 같아서요."

쇼 비즈니스에 오랫동안 머물다 보면 보게 되는 게 있는데, 성공한 기획자들이 대중을 만만하게 생각하는 순간이 온다는 것이다.

항상 그렇다는 건 아니고, 줄곧 성공을 해 온 이들이 꼭 그렇게 무너진다.

하지만 대중은 결코 만만하지 않다.

한 명 한 명은 보통 사람일 뿐이지만, 수만 명이 모이면 거대한 파도가 된다.

그리고 사람은 파도를 조종할 수 없다.

이런 관점에서 최대호를 바보라고 생각하는 것이었다.

냉정하게 평가해서 최대호의 계획은 꽤 훌륭하다.

어떤 지표든지 믹스 웨이가 세달백일을 넘어서는 부분이 있을 거고, 그걸 물고 늘어지는 거?

좋다.

믹스 웨이의 체급을 높일 수도 있을 거고, 우리의 버즈량을 빨아먹을 수도 있겠지.

하지만 믹스 웨이와 우리를 공통 카테고리로 묶으면 안 됐다.

특히, 음악이란 범주로 묶으면 안 된다.

대중들은 모이라면 모이고, 해산하라면 해산하는 존재가 아니다.

한 번 초동 판매량으로 묶인 이상 믹스 웨이와 세달백일의 음악은 끝도 없이 비교를 당할 거다.

"너무 편리한 생각 아니야?"

내 말을 들은 구태환이 고개를 갸웃하며 그렇게 말했지만, 이건 편리한 생각이 아니다.

앞으로 내가 그렇게 판을 깔 거니까.

"두고 보면 알겠지."

뭐, 그래도 최대호는 모르겠지만 믹스 웨이한테는 나쁜 일이 아닐 거다.

세달백일을 이기기 위해서 라이언 엔터가 총력을 기울이는 서포팅을 받게 될 것이니까.

"쉬는 시간 끝났고, 이제 다시 연습하자."

박수를 짝 친 이이온의 말에 고개를 끄덕이며 일어났다.

음방은 엠쇼와 SBN에서밖에 못하게 됐지만, 나쁘지 않다.

이 두 개의 음방에서 밀도 높은 무대를 선보이면 되니까.

* * *

[믹스 웨이 초동 판매량, 세달백일 추월!]
[언더독의 반란? 가수와 팬덤 모두 깜짝 놀란 판매량.]
[2018년은 K팝 아이돌들의 전성시대? 그 선두에는 믹스 웨이가 서 있다.]

믹스 웨이의 초동 판매량이 집계되는 순간, 기사가 쏟아졌다.
기사의 대부분은 믹스 웨이가 세달백일을 이겼다는 것이었다.
이런저런 관점과 수식어로 색다른 포장을 했지만, 내용물은 똑같았다.
이에 대한 대중들의 반응은 딱 반반이었다.

-ㅋㅋㅋㅋㅋㅋ아니 이기긴 뭘 이겨ㅋㅋㅋㅋ 라이어 언플 역겹네.
-언더독 ㅇㅈㄹㅋㅋㅋ 인디 밴드 세달백일 vs 대형 기획사 소속 믹스 웨이 아니냐고.
-난 또 믹스 웨이가 세달백일 유닛 3개 + 정규 2집을 다 넘어섰다는 줄.
-정규 2집 판매량만 간신히 넘어선 거임ㅋㅋㅋ 그마저

도 별 차이 안 나고.

-팬싸 ㅈㄴ 잡아 가지고 팔아 치운 앨범이 몇 장인지 뻔히 아는데...ㅋㅋ

-솔까 사재기도 좀 했을 듯. 막판에 한 3만 장 정도 차이 났었는데, 갑자기 수치 올라간 거 보면.

-그런 수치는 일반인에게 공개 안 되는데?

-어떻게든 까고 싶어서 날조도 하네.

-날조는 니들 가수들이 앨범 판매량에다가 하는 거고ㅋㅋㅋ

-막말로 세달백일이 똑같이 팬싸 ㅈㄴ 잡고 했으면 100만 장도 팔았을 듯.

-이미 유닛 앨범 합치면 100만 장 뚫었음.

-아 그럼 200만 장.

-어차피 굿즈 퍼준 건 세달백일도 똑같은데?

-팬싸랑 굿즈랑 같냐?

-다를 건 또 뭐임ㅋㅋㅋ 솔직히 세달백일 1집 앨범도 CD 플레이어 퍼주니까 사람들이 ㅈㄴ 산 거지, 뭐.

-ㅇㅇ CDP 없었으면 판매량 반토막이었음...ㅋㅋ

한쪽에서는 믹스 웨이가 세달백일을 이긴 초동 집계가 비정상적이라고 말했고, 또 한쪽에서는 세달백일도 다를 바가 없다고 말했다.

전체적인 의견으로는 믹스 웨이의 초동 수치가 뻥튀기 됐다고 생각하는 이들이 수적으로 우세했다.

일반 대중들의 의견이었으니까.

하지만 대중들은 한 마디를 하고 말았다면, 믹스 웨이의 팬덤은 이를 악물고 전방위로 활동했다.

그뿐만이 아니었다.

-ㅋㅋㅋ꼴 좋다.
-솔직히 세달백일도 지금까지 타이밍 좋게 나왔지ㅋㅋ 제대로 된 경쟁자 만난 적도 없었고.
-맨날 테이크씬 쥐어 팬 다음에 월클인 척했잖아.
-믹스 웨이 이번 앨범 꽤 좋던데ㅇㅇ
-세달백일은 케이팝 덕후들 개무시하는 경향이 심함. 그러니까 덕후 픽이 못되지.
-ㅇㅇ 머글 픽이라서 기록은 좋아도 몇 년 지나면 코어 팬들 다 빠져나가서 기억도 안 할 듯ㅋㅋ
-복잡하게 생각할 거 없음ㅎㅎ 그냥 믹스 웨이 앨범이 더 좋을 뿐.
-이게 맞긴 해.

그동안 세달백일 때문에 피해를 본 그룹의 팬들이 믹스 웨이를 지지하기 시작했다.

그들은 믹스 웨이가 세달백일보다 더 좋은 앨범을 들고 나왔다고 떠들었으며, 세달백일이 경쟁자를 만난 적이 없다고 했다.

물론 말도 안 되는 소리긴 했다.

세달백일이 독립해서 처음 1위를 먹었던 건 드롭 아웃, NOP와 경쟁을 해서였으니까.

하지만 사람들이 모르는 게 있었다.

초동 수치는 물론 중요하다.

팬덤의 화력을 증명하는 수치였으며, 이 앨범의 고점이 어디까지일지를 판단하는 지표기도 했으니까.

하지만 반대로 말하면, 그 초동을 위해서 부분의 회사들은 어마어마한 마케팅을 쏟아붓는다.

그렇기 때문에 앨범 총 판매량의 30~50% 정도가 첫 주에 판매되는 것이었다.

그러나…….

세달백일은 달랐다.

─아니, 어이가 없네. 세달백일은 왜 일 년 내내 억까만 당하냐.

─뭐가 억까임ㅋㅋ?

─세달백일 1집 초동 22만. 총 판매량 178만. 심지어 아직도 잘 팔림. 올해 안에 200만 장 찍을 듯.

-그게 뭐?

-믹스 웨이 1집 초동 19만. 총판매량 36만. 텐션 초동 15만 장, 총판매 28만. ㅇㅋ?

-세달백일 팬들은 이게 문제라는 걸 모르나? 맨날 타 그룹 머리채만 잡고.

-난 세달백일 팬 아닌데? 드롭 아웃 3집 초동 16만, 총판매 89만. 테이크씬 초동 6만, 총판매 21만.

-걍 좋은 앨범은 계속 잘 팔린다고 말해 주는 거임ㅋㅋㅋ 초동이 뭐 얼마나 중요하다고 이렇게 억까를 받는지.

세달백일은 꾸준히 앨범을 팔아 온 이들이었다.

세달백일이라고 앨범 판매에 마케팅을 집어넣지 않는 건 아니다.

하지만 그들이 가장 중요하게 생각하는 건 음악적 본질이었고, 본질이 흐려지지 않는 이상 마케팅이 없다고 앨범이 힘을 잃지 않는다.

이때쯤부터 비슷한 의견이 인터넷으로 퍼져 나가기 시작했다.

-근데 저 말이 맞긴 해. 초동이 아니라 2주 차, 혹은 한 달치 판매량을 보긴 해야지.

-ㅇㅇ 그리고 세달백일 이 무친놈들은 음원 발매도 안

했잖아

-ㅋㅋㅋㅋㅋㅋ힙스터 그 자체.

-아니 대체 왜 음원 발매를 안 하는 거냐?

-앨범을 사야지만 음악을 들을 수 있었던 아날로그 시대의 감성을 팬들에게 나눠 주고 싶었대.

-세달백일이 그렇게 말함?

-ㄴㄴ 내가 그렇게 말함.

-니가 뭔데.

-아날로그 감성을 느낀 사람.

-뭐라는 거야 ㅅㅂ

-세달백일 2주 차 판매량 얼마냐?

세달백일 2집 앨범의 2주 차 판매량은 첫주보다는 못했지만, 여전히 어마어마했다.

세달백일
〈STAGE〉
319,3**

32만 장이었으니까.

-왁ㅋㅋㅋ 미쳤다. 32만 장?

-돌았네ㅋㅋㅋㅋ

-설마 이거 2집 앨범만임?

-ㅇㅇㅇ 유닛 빼고ㅋㅋㅋㅋ 유닛까지 포함하면 50만 장 넘음ㅋㅋ

-와 ㅅㅂ 세상 케이팝 팬들이 다 세달백일 앨범 듣는 거냐?

-이거 근데 케이스도 이쁘고, 유닛 앨범 3개랑 착착착 세워 놓으면 인테리어 뽕 찬다.

-ㅇㅇㅇ 일부러 그렇게 디자인한 거 같던데?

-이러면 세달백일이 1주 68만, 32만인 거잖아. 믹스 웨이는 2주 차에 얼마나 팔리나?

-모르겠네ㅋㅋㅋ 지켜봐야 할 듯.

이쯤해서 최대호를 비롯한 라이언 엔터의 관계자들은 진땀을 흘리고 있었다.

믹스 웨이의 초동 판매량은 정말 우주의 기운을 끌어모아서 터트린 것이었다.

당연한 이야기지만 2주 차 판매량은 현저히 낮을 수밖에 없었다.

내부에서 평가하기로는 정말 많아 봐야 10만 장 정도.

이것도 추가 팬 사인회 일정을 잡아서 추가 구매를 유도했을 때의 예상치였다.

어쩌면 이것보다 안 나올 수도 있었다.

"어, 박 팀장. 화제 좀 돌려 봐. 다른 걸 터트려서 이 논점에서 사람들이 벗어나게 만들어야겠는데."

하지만 라이언 엔터가 무슨 짓을 하든지, 논점이 흐려지진 않았다.

왜냐하면.

-와, 드디어!
-미친ㅋㅋㅋ 앨범 발매 3주 차에 음원을 공개하는 힙스터들이 있다?
-홍대병 말기ㄷㄷ

세달백일이 드디어 정규 2집 앨범 〈STAGE〉의 음원을 유통하기 시작한 것이었다.

뿐만 아니었다.

엠쇼의 음악 방송인 M-믹스다운에 세달백일과 믹스웨이가 함께 출연한다는 사실이 공개됐다.

* * *

Title : STAGE
Artist : 세달백일

Track : 13

Track List
01. Show must go on
02. Stage (Title)
03. 3AM
04. 시간을 지나쳐
05. 어젯밤에 우리가 마셨던
06. Back in time
07. Down force
08. One & Only
09. Winter Cream
10. 있잖아, 내가 생각을 해 봤는데
11. Dream Chaser
12. DuDuDuDeDe
13. Time Traveler(Bonus)

* * *

자정에 세달백일의 음원이 공개되는 순간, 버즈량이 폭발했다.
한시온이 예언했듯이, 초동 판매량으로 승부를 보려던

라이언 엔터의 계획은 물거품이 되었다.

세달백일이 음원을 공개하지 않았을 때는 두 그룹을 비교할 지표가 앨범 판매량뿐이긴 하다.

하지만 그게 영원할 리가 있겠는가?

음원이 공개되는 순간 음원 성적으로 비교가 가능하고, 엠쇼의 음방에 함께 출연하는 이상 무대의 퀄리티로도 비교할 수 있다.

이는 성공한 기획자가 가진 오만에서 비롯된 일이었다.

대중은 집합과 해산을 강제할 수 있는 존재가 아닌데 말이었다.

상황이 이렇게 되자, 세달백일 VS 믹스 웨이의 막이 제대로 오른 느낌이 풍기기 시작했다.

'이 개자식들······.'

최대호는 세달백일이 타이밍에 맞춰서 음원을 발매했다고 생각했지만, 사실 그건 아니었다.

어차피 음원을 공개했을 시기다.

아니, 오히려 살짝 늦었다.

원래는 발매 2주 차에 온라인 유통을 하려고 했는데, 유닛 앨범과 2집 앨범을 언박싱하는 게 유행을 타서 미뤄 놓은 것이었다.

하지만 3주 차가 되고, 믹스 웨이가 덤벼들기 시작하면서 유닛 앨범에 대한 관심이 시들해졌다.

유일한 예외가 있다면 한시온과 온새미로의 유닛 온앤온의 앨범인 〈Side C〉였다.

전자 사운드를 배제하고 순수한 악기 사운드로만 구성한 언플러그드 앨범의 인기는 쉽게 사라지지 않았다.

유행을 이끌었던 최재성의 앨범처럼 한 번에 확 불타오르진 않았지만, 천천히 그리고 꾸준히 타올랐다.

그 증거로 주간 차트 7, 8위는 벌써 몇 주째 온앤온이 차지하고 있었다.

그래서 한시온과 이이온의 팬들에게서 생겨난 밈들이 퍼져 나가기도 했다.

-앞으로 음원 차트 순위는 5, 6 다음에 9입니다.
-동의합니다. 7, 8은 온앤온에게 귀속되었습니다.

덕분에 재미있는 일도 있었다.

세달백일은 지금껏 안무가 필요할 때면 유명 댄스 팀들에게 안무를 의뢰해 왔다.

댄스 팀들에게 세달백일은 함께 일하는 게 즐거운 클라이언트였다.

우선 회사의 대표이자, 작곡가이자, 가수가 안무를 의뢰하는 것이기 때문에 의사소통 과정이 심플했다.

뿐만 아니라, 노래가 좋다.

케이팝 안무가들에게는 노래가 좋고 나쁨도 꽤 큰 영향을 준다.

자신들이 듣기에도 절로 흥이 나는 노래는 안무가 잘 나오지만, 돈 때문에 억지로 만드는 안무는 즐겁지 않을 때도 많으니까.

게다가 세달백일은 안무의 난이도로 아무런 불평을 하지 않는 팀이기도 했다.

이런 여러 가지 이유로 세달백일과 댄스 팀들의 사이는 꽤 좋은 편이었고, 특히 라이언 엔터에게 견제를 받던 초창기에 함께한 팀들과는 돈독했다.

초창기 라이언 엔터의 눈치를 봐서 세달백일의 의뢰를 받지 않은 팀들이 현재는 아쉬워하는 것과 달리 말이었다.

한데, 이들이 유튜브에 자신들의 콘텐츠를 올리면서 박자를 세는 방식을 '파이브, 식스, 나인, 텐'을 사용했다.

해당 영상에 별다른 코멘트는 없었고, 세달백일의 이름도 언급되지 않지만 그래도 알 만한 시그널이었다.

-오, 메리 쌤이 이번 활동 곡 안무 만든 거 아님?
-ㅇㅇㅇㅇ 그 시그널 같음.
-어떤 곡으로 활동하려나.
-일단 STAGE는 확정이지. 타이틀 곡이니까.

-ㅇㅇㅇㅇㅇ
-수많은 그룹의 안무를 만드는 사람들이 이렇게 딱 한 그룹만 편애하는 게 좀 그렇지 않나 싶은데….
-나도 좀….
-뭐라는 거야ㅋㅋㅋ 다른 그룹 안무 만들었을 때는 그거 커버 영상 올리잖아ㅋㅋㅋㅋㅋ 홍보도 하고.
-원래 안무가들은 직전 클라이언트가 최애돌이라고.
-그게 "자본주의"다. 애송이.
-ㅋㅋㅋㅋㅋㅋㅋㅋㅋㅋㅋ

하지만 대중들도, 세달백일도, 심지어 라이언 엔터도 음방 활동은 후순위였다.
지금 중요한 건 음원 순위였다.

-ㅋㅋㅋㅋ오우 실시간 차트 줄 세우기 봐라.
-근데 이건 급 좀 되는 돌이라면 다 하는 거라서ㅋㅋㅋ 일간 차트에 반영돼 봐야 알 수 있음.
-ㄴㄴ 자정부터 줄 세우기는 쉽지 않음. 보통 팬덤이 줄 세우는 건 새벽 2시 이후부터라서.

자정에 공개된 세달백일의 음원이 실시간 차트의 꼭대기서부터 흘러내리기 시작했다.

물론 누군가의 말처럼 실시간 차트는 팬덤의 화력에 좌지우지되는 곳이었다.

하지만 또 누군가의 말처럼 자정부터 줄 세우기는 쉽지 않았다.

자정부터 1시까지는 팬덤이 아니라, 일반 대중들도 활동을 하는 시간이기 때문이다.

게다가…….

차트는 트랙 순으로 줄 서 있지 않다.

1- Winter Cream (new)(hot)
2- STAGE (new)(hot)
3- 시간을 지나쳐 (new)(hot)
4- Time Traveler(new)(hot)
5- Show must go on(new)(hot)

1위를 기록하는 윈터 크림은 9번 트랙이고, 타이틀 곡이 2위에 있다.

3, 4, 5위도 4번, 13번, 1번 트랙이었다.

-ㅋㅋㅋㅋ세달백일 앨범은 맨날 이런 식이지ㅋㅋㅋㅋ
-그치ㅋㅋㅋ 1집 앨범 때도 생각지도 못했던 서머 크림이 날아다녔으니까.

-이번에 입덕한 뉴비인데 서머 크림이 활동 곡이라서 그랬던 거 아닌가요?
-ㄴㄴ 서머 크림 활동 곡 아니었음ㅋㅋㅋ 그냥 인기가 너무 많아서 행사에서 활동해 준 거임.
-ㅇㅈ 옛다 활동이었음ㅋㅋ
-아, 여기 스샷 자료 있음.

(사진)
1- Summer Cream (new)(hot)
2- Pin Point (new)(hot)
3- Holiday (new)(hot)
4- State Of Mind (hot)

핀 포인트는 타이틀 곡이었고, 스테이트 오브 마인드는 MV와 함께 선공개된 곡이었다.
하지만 서머 크림과 홀리데이는 아무런 활동 보정이 없었던 하위 트랙이다.
순수하게 곡이 좋아서 빵 뜬 케이스였다.
그러니 지금도 비슷한 관점으로 바라볼 수가 있었다.
특히 누가 봐도 서머 크림과 형제 곡인 윈터 크림이 1위인 것만 봐도 티가 났다.

-ㅁㅊ 윈터 크림 개좋아ㅋㅋㅋ
-아니 스키장 폐장할 시간인데 이런 띵곡을...?
-겨울에 만들어서 윈터 크림인가 봐ㅠㅠ 이제 곧 봄인데ㅠㅠ
-와 이거 연말에 나왔으면 진짜 길거리에서 캐롤보다 더 많이 들렸을 것 같은데.

세달백일의 팬덤인 티티는 서머 크림에 보냈던 지지만큼 윈터 크림에 보냈고.

-헐 미친 보너스 트랙ㅠㅠㅠㅠ
-타임 트래블러ㅠㅠㅠㅠ
-티티라고는 못 적었네ㅋㅋㅋ
-시온이 취향이 반영된 듯!
-그래도 요즘은 티티라고 부르잖아ㅋㅋㅋㅋ

보너스 트랙이자 열세 번째 트랙인 타임 트래블러에 더 많은 지지를 보냈다.
팬송을 앨범에 수록하는 건 그렇게 특이한 일은 아니지만, 팬들이 좋아하는 것도 특이한 일이 아니다.
특히 지금처럼 어마어마한 퀄리티의 팬 송이라면 좋아하지 못할 수가 없는 것이었다.

물론 거의 대부분의 티티는 이미 온라인 음원이 유통되기 전에 앨범을 구매해 노래를 들었었다.

 그러니 지금 나오는 반응들은 대중들에게 보여 주기 위한 반응이었다.

 왜냐고?

 -2집이 1집보다 더 좋은 것 같지 않아?
 -진심으로 우열을 가릴 수가 없어ㅋㅋㅋㅋ
 -소포모어 징크스 어쩌구 거리던 애들 입 다무는 거 봐ㅋㅋㅋ

 2집의 퀄리티에 자신이 있기 때문이었다.

 연예계에서 데뷔에 성공하고 후속 앨범이 망하거나, 영화의 1편이 성공하고 속편이 망하는 경우는 너무나 많다.

 이유야 많겠지만, 그중 가장 큰 이유는 역후광 효과였다.

 기대감이 0일 때는 80점짜리가 나오면 모두 소리를 지르지만, 기대감이 100일 때는 80점짜리가 나오면 아쉽다고 한다.

 그런 의미에서 세달백일의 2집 앨범에 대한 기대감은 100도 아닌 1,000이었다.

 어쩌면 만이었을 수도 있고.

셀프 메이드가 지나치게 성공했으며, 유닛 앨범 또한 지나치게 성공한 탓이엇다.

그러니 어지간한 작업물로는 대중을 만족시키기 힘들 것 같았지만…….

한시온은 아니었다.

-솔직히 ㅈㄴ 이기적이고 독단적인 건 부정할 수 없는데, 작곡 능력은 인정함.
-ㅇㅇ 필요악이야

그래서 한시온을 싫어하는 개인 팬(특히 이이온)들도 이번만큼은 한시온의 능력을 인정하는 분위기였다.

사람을 인정하진 않지만, 작곡 능력만큼은 부정하기 힘들다면서.

물론 다 그런 건 아니고, 여전히 한시온을 욕하는 이들도 있긴 했다.

하지만 최소한의 이성이 있는 이들은 한시온이 2집 앨범을 준비하면서 얼마나 부담스러웠을지를 짐작하는 게 어렵지 않은 것이었다.

그렇게 자정에 공개된 세달백일의 음원들이 실시간 차트에서 무시무시한 지표를 쌓기 시작했다.

새벽의 실시간 차트는 팬덤의 시간이라고 불리기에, 믹

스 웨이의 팬덤이 총공세를 퍼부어 세달백일을 저지하려는 시도도 있었다.

하지만 불가능했다.

팬덤의 행동력과 응집도 자체는 믹스 웨이가 더 강했다.

원래 사람은 위기감을 느끼면 더 활발히 활동하기 때문이었다.

그에 반해서 티티는 유닛 앨범에서부터 몇 주간 서포팅을 이어 오고, 시야를 확장하다면 셀프 메이드에서부터 서포팅을 이어 오고 있었다.

게다가 의외로 티티는 별다른 위기의식을 느끼지 않고 있었다.

아이돌 문화에 빠삭한 이들이기 때문에 더더욱 '초동 비교'가 의미가 없다는 걸 알고 있는 것이었다.

-우리 애들은 팬 사인회도 안 잡았다고ㅠㅠㅠㅠㅠㅠㅠㅠㅠㅠ
-그니까ㅠㅠㅠㅠㅠㅠㅠㅠ
-다른 방식으로 잡겠지ㅠㅠㅠㅠㅠ 지난번처럼ㅠㅠㅠㅠ

그래서 믹스 웨이의 팬덤이 실시간 차트를 뒤집으려는 온갖 노력을 기울이는 와중에도 티티는 평온했다.

1- Winter Cream (new)(hot)
2- STAGE (new)(hot)
3- 시간을 지나쳐 (new)(hot)
4- Show must go on(new)(hot)
5- 있잖아, 내가 생각을 해봤는데(new)(hot)

실시간 차트에 별 변화가 없었기 때문이다.

순위가 요동치면서 바뀌고 있는 건 맞지만, 전부 세달백일의 2집 앨범 안에서 바뀌고 있다.

"……이거 일간 차트가 어떻게 되려나."

"톱 3에 하나는 머무르지 않을까? 우리도 우리 지표는 좋았는데."

"만약 톱 5에 없으면 대표님 피해 다녀야지……."

라이언 엔터 직원들은 퇴근을 한 이후에도 시간 날 때마다 차트를 들여다보았다.

이 결과가 내일의 회사 분위기와 직결된다는 걸 알고 있으니까.

실시간 차트와 일간 차트는 긴밀하게 링크되어 있진 않지만, 세달백일의 화력을 보아하니 일간 차트에 오르는 건 틀림없다.

문제는 대체 몇 위에 유지되느냐였다.

발매 시점이 세달백일이 조금 더 유리하니, 톱 3 안에 있으면 선방이다.

 톱 5 안에만 있어도 어떻게 지표들을 들먹이며 비벼 볼 수가 있다.

 하지만 톱 5에도 없다면 그건 좀 곤란하다.

 라이언 엔터 직원들은 그런 생각을 하다가 잠에 들었고, 다음날 출근해서 일간 차트 갱신 시간을 기다렸다.

 회사가 고요하다.

 아마 그들뿐만 아니라, 윗선까지, 어쩌면 라이언 엔터의 모든 구성원들이 일간 차트 갱신 시간을 기다리고 있을지도 몰랐다.

 그리고 마침내 차트가 갱신되고…….

 "아."

 극도로 고요한 사무실 안에 출근한 지 얼마 안 된 신입이 눈치 없이 탄식을 내뱉었다.

―11. 부탁해

 1위를 기록했던 믹스 웨이의 타이틀 곡이 11위에 있었으니까.

 무려 10계단이나 밀려났다.

 그리고 1위부터 10위까지는 전부 세달백일의 2집 앨범 STAGE의 수록곡이었다.

이뿐만이 아니었다.

"하……. 들어가기 싫다."

다음 날 믹스 웨이의 타이틀은 14위로 밀려 있었다.

이게 무슨 실시간 차트도 아닌데, 일간 차트의 1위부터 13위까지가 전부 세달백일이었으니까.

* * *

한국 사회는 유행에 민감하다.

이건 미국에서 백 년 넘게 활동해 온 내 느낌이니, 아마 맞을 거다.

왜 그런지 생각을 해 봤는데, 인구는 적고 소셜 네트워크는 잘 되어 있어서인 것 같다.

사람은 어느 정도 규모가 되는 집단에 소속되어야지 심리적 안정감을 느낀다.

한데, 인구가 많으면 마이너 컬처의 규모도 커진다.

일례로 미국에서 가스펠을 공부할 때, 생각보다 가스펠 시장이 크다는 것에 놀랐었다.

가스펠 앨범도 잘만 만들면 플래티넘(100만 장)을 달성하는 게 어렵지 않았으니까.

하지만 케이팝 시장에서는 백만 장을 돌파한 앨범은 별로 없다.

나중에는 해외 팬들이 어마어마하게 달라붙어서 백만 장을 손쉽게 돌파하는 걸로 알지만, 일단 지금은 그렇다.

그게 다 인구 때문이다.

이런 상황이다 보니 한국은 주류의 의견을 마치 정답처럼 강요하는 문화가 있다.

메인스트림에 탑승하지 못하면 낙오자 취급을 받는 경향도 있고.

난 이런 현상이 좋고 나쁘고를 논할 자격이 없다.

하나의 세계에 제대로 붙어 있지도 못하는 부평초 같은 존재가 뭘 논하겠는가?

그러니 지금 중요한 건, 한국의 주류에 무엇이 배치되었냐는 것이다.

바로…….

우리다.

"이, 이게 말이 되나?"

이이온의 말에 어깨를 으쓱했다.

"유행이 됐으니까요."

"넌 이걸 예상했어?"

가끔 보면 세달백일 멤버들은 날 과대평가하는 경향이 있다.

이런 걸 어떻게 예상하겠는가?

이런 건 노력한 예술가에게 드물게 찾아오는 지극히 즐

거운 순간이다.

내가 창작한 콘텐츠가 내 예상보다 더욱 빛나서 세상에 수놓아지는 순간.

물론 2집 앨범의 음원을 유통하면서 평소보다 훨씬 잘 될 거라는 믿음은 있었다.

우리의 앨범을 주제로 떠드는 사람들이 많지만, 실제 앨범 판매량은 이제 막 백만 장(유닛 앨범을 제외하고)을 돌파했으니까.

그러니 음원이 공개되면, 앨범을 사지 않은 이들도 클릭해 볼 걸 알았다.

앨범을 산 이들도 편안하게 스마트폰으로 듣고 싶을 거고.

그러나 이 정도인 줄은 몰랐다.

음원 사이트의 최상단부터 앨범 트랙 숫자만큼 우리의 이름이 새겨질 줄이야.

"이런 건 처음 봤어요……."

최재성이 몽롱한 눈으로 음원 사이트를 쉬지 않고 캡처하는 걸 보고는 생각을 정리했다.

이건 일시적인 현상이다.

주간 차트로 이어지지 못할 거고, 당장 내일만 되면 몇몇 곡들이 낙오될 거다.

시간이 지날수록 실시간 차트에서 힘을 잃어 가는 곡들

이 보이기도 하고.

이건 어쩔 수 없는 거다.

세달백일에서 최재성이 밸런스를 담당하는 것처럼, 앨범에서도 밸런스를 담당하는 트랙들이 필요하다.

모든 트랙을 베스트 셀링 트랙으로 만들겠다는 욕심은 앨범을 피로하게 만드는 주범이다.

곡은 좋지만, 통째로 돌리기 힘든 음반이 된다.

그런 음반들은 히트 곡은 남기지만, 앨범 단위로 긍정적인 평가를 받지 못하게 된다.

생각보다 이런 가수들이 세상에 굉장히 많다.

타고난 감각과 본능으로 곡을 쓰는 건 어렵지 않지만, 앨범 단위의 작업물은 본능으로 되는 게 아니니까.

하지만 이건 내가 가장 지양해야 하는 일이다.

나는 앨범의 모든 트랙이 심심하다는 평가를 받아도 상관없다.

많이 팔리기만 하면 된다.

그러니 곡 단위로 들으면 약간의 아쉬움이 남는 트랙들이 있고, 그것들은 순위에서 밀려날 것이다.

하지만 상관없다.

내가 최대호는 아니지만, 지금 라이언 엔터의 분위기가 어떨 지는 느낌이 온다.

아마 기가 죽었겠지.

하지만 우리의 푸시는 여기서 끝이 아니다.

오늘 자정에는 뮤직 비디오가 공개될 것이니까.

이번 뮤직 비디오는 지금까지 찍은 것들 중에 가장 마음에 든다.

그러니 세달백일의 음악 작업과 활동 방식에는 아무런 문제가 없다.

그러나 내가 조금 걱정하는 건.

"……와우."

"SNS에 캡처해서 올리면 좀 그럴까요?"

"그러지 않을까? 지금 믹스 웨이 팬들도 많이 노려보고 있을 텐데."

"으음……. 그럼 공홈 메시지에만 올려야지."

세달백일 멤버들의 반응이다.

그동안 세달백일 멤버들은 성공을 거둘 때마다 얼떨떨해했다.

컬러 쇼에 출연할 때도 컬러 쇼에 출연한다는 것의 의미에 대해서 잘 몰랐다.

1집 앨범인 TFD가 성공했을 때도, 그게 거장들과 공동 작곡을 했다는 게 밝혀졌을 때도, 미국에서도 팔리기 시작했을 때도.

정확히 우리가 어떤 성공을 거두고 있는 것인지를 실감하지 못했다.

당연하다면 당연한 일이었다.

세달백일은 익숙한 걸음을 내딛은 적이 없으니까.

그들이 알고 있고, 공부해 온 케이팝 아이돌 그룹과는 사뭇 다른 길로 걸어가고 있었으니까.

그래서 멤버들이 중요하게 생각하는 게, 팬클럽 숫자와 뮤직비디오 조회수였다.

내 입장에서는 그게 그리 중요한 가 싶긴 하다.

난 팬클럽의 총 숫자보다는 내가 평생토록 발매할 음악을 사랑해줄 이들이 중요하다.

뮤직비디오 조회 수보다는 뮤직비디오를 보고 앨범을 사 줄 연관성이 중요하다.

하지만 멤버들은 그렇지 않았다.

그들이 팬클럽 숫자와 뮤직비디오의 조회 수에 집중하는 건, 이것만큼은 다른 아이돌과 직접적인 비교가 가능하기 때문이었다.

앨범 판매 수치야 팬 사인회나 해외 팬, 유통사의 집계에 따라서 많이 달라진다.

솔직히 말하자면 적절한 방식으로 사재기를 하는 곳들도 있고.

하지만 팬클럽 숫자를 돈 주고 사는 회사는 없고, 뮤직비디오 조회 수를 돈 주고 사지도 않는다.

즉, 이 두 가지 지표는 공정한 링에서 경쟁하는 결과이다.

그래서 멤버들이 세달백일의 성공을 볼 때 유독 이 두 가지에 집중하는 것이었다.

하지만 묘하게 이번엔 느낌이 다르다.

세달백일 멤버들이 '우리 성공을 했어'라는 확신을 가지고 있는 게 보인다.

대충 셀프 메이드 촬영이 중반쯤에 접어들서면서였던 것 같다.

내가 애플의 광고를 따 오고, HR 코퍼레이션이 영문 버전의 앨범 발매 계약서를 내밀 때쯤.

그때부터 그들의 마음에 약간의 변화가 있었다.

'우리가 진짜로 성공했나?'에서 '우리는 진짜로 성공했다'로.

난 그게 싫지 않다.

구태환을 제외하면 세달백일 멤버들은 다들 애정에 대한 결핍이 있고, 성공에 대한 갈망이 있다.

친구들이 간절히 원하는 부분이 충족되는 건 항상 즐거운 일이다.

하지만 결핍이 충족되는 순간 동기를 잃어버리는 예술가들을 나는 너무나 오랫동안 목격해 왔다.

세달백일의 향상심은 나에게도 믿기지 않는 것이었다.

특히 내가 직접 고른 것도 아닌, 우연히 조우한 이들이니 더더욱.

한데 2집 앨범의 성공으로 그들의 마음이 변하면 어쩔지 걱정된다.

물론 난 다짐을 했었다.

세달백일이 나에게 실망을 주기 전까지는 지레짐작해서 실망하지 말자고.

지금까지 팀 활동을 하다 보면 나도 모르게 회귀를 하는 경우들이 있었다.

몇 가지 단서들이 쌓여서, '이들이 열망을 잃었다'라는 판단이 될 때.

연습 중에 물을 마시러 갔다가 회귀를 해 버린 적도 있었다.

하지만 곰곰이 생각해 보면 그건 내 추측에 불과했다.

어쩌면 잠깐 그랬을 수도 있다.

잠깐을 열망을 잃어버렸지만, 곧 되찾아서 함께 달려나갔을 수도 있다.

하지만 회귀가 거듭될수록 마모되는 회귀자의 인내심은 작은 것에도 손쉽게 끊어진다.

이번에는 그러지 않고 싶다.

않았으면 좋겠다.

이성적으로 생각하면, 세달백일과 함께하는 이번 생이 내 마지막 생이 아닐 확률이 더 높다.

지금까지 우리가 팔아치운 앨범이라고 해 봐야 300만

장을 조금 넘는다.

2억 장이란 목표치의 1.5%밖에 안 되는 것이다.

그걸 불과 1년 만에 해낸 건 기쁘지만, 똑같은 행위를 20년을 더 해야지 목표에 도달할 수 있다.

그러나 시사이드 하이츠에서 각오했던 것처럼 난 이번 생의 끝까지 가고 싶다.

설령 40대가 되어서 결국 안 되는 거라는 걸 깨닫고 회귀하더라도 말이다.

그러니…….

이런 말은 꺼내면 안 된다.

"우리 내일 모레 믹스다운 음방인 거 알죠?"

"알지."

"이제 엠쇼는 좀 편안하지 않아? 약간 고향 같은 느낌도 있고."

"고향 맞죠. 커밍업 넥스트도 엠쇼 작품인데."

"아, 맞다. 그렇지. 커밍업 넥스트하면 왠지 라이언 엔터 작품 같아."

내가 꺼낸 서두에 멤버들의 신이 나서 이런저런 말들을 보태는 걸 듣다가 툭 입을 열었다.

"무대 구성을 좀 추가해 보면 어때요?"

"응?"

"본방에서 부를 곡은 이제 와서 바꾸기 좀 그렇지만,

사녹에서 부를 곡은 리테이크가 가능하니까."

"어······. 사녹으로 찍을 곡의 퍼포먼스를 바꾸자는 거야?"

"네."

내 말에 이이온의 눈빛이 살짝 흔들린다.

젠장.

그래, 나도 안다.

멤버들을 이런 시험에 들게 할 필요가 없다는 걸.

설령 여기서 멤버들이 내 제안을 거절하더라도, 그들의 열정이 사라졌다는 증거는 아니라는 걸.

하지만 회귀자의 감정 기복은 꼭 해서는 안 될 말들을 입에 담게 만든다.

빌어먹게도 말이다.

그리고 내 질문에 대한 멤버들의 대답은······.

"그건 좀 그렇지 않을까? 이틀밖에 안 남았는데."

"맞아. 그러다가 실수하면 어떡해."

"이번에 우리가 음방 보고 있는 사람이 엄청 많잖아. 안정적으로 잘해야지."

'NO'였다.

하지만 좀 이상한 건, 멤버들이 뭔가에 대한 감정을 숨기고 있다는 것 같았다.

난 눈치가 굉장히 빠르고 오랜 시간을 살아오며 쌓게된

경험이 있다.
 하지만 상대가 뭘 숨기고 있는지 그 내용까지 알아내는 재주는 없다.
 뭘 숨기고 있는 거지?
 저들의 대답 뒤에는 어떤 감정선이 있는데?
 그러다가 깨달았다.
 그런 건 중요하지 않다는 걸.
 평소의 세달백일이었다면 설령 거부를 하더라도 '왜 바꾸려고 하는지'를 물어봤을 건데…….
 이번에는 없었다.
 어쩌면 내가 없는 자리에서 멤버들끼리 이야기를 맞췄을 수도 있을 것 같다.
 2집 활동이 끝나면 휴식을 취하거나, 비활동기를 길게 갖자는 식으로.
 익숙한 일이다.
 "그럼 뭐, 평소처럼 가죠."
 "평소처럼?"
 "아니, 원래대로 가자고요."
 난 그렇게 말하고는 자리에서 일어났다.
 "어디 가?"
 "현수 삼촌에게 전화 좀 하려고. 콜백 해 달라고 문자 와 있더라."

"아아. 다녀와. 안부 전해 드리고."

구태환에게 대충 고개를 끄덕여 주고는 연습실을 빠져나왔다.

* * *

한시온이 빠져나간 세달백일 연습실에서 멤버들이 눈을 깜빡였다.

"시온 형이 어딘지 평소랑 다르지 않았어요?"

"음. 그랬던 것 같네."

"뭔가 우리한테 실망한 것 같기도 한데……."

"기가 막힌 무대 아이디어가 있었는데 우리가 거절해서 그런가?"

"그럴 수 있지. 시온이가 퀄리티 욕심이 심한 편이니까."

하지만 멤버들은 어쩔 수 없다는 듯이 어깨를 으쓱했다.

그들이 엠쇼 음악 방송에 출연하는 건 3월 3일까지, 이틀밖에 남지 않았다.

여기서 뭘 바꾸고 할 시간이 없다.

"그럼 연습을 해 볼까요?"

"비트 없이 해 보자."

그렇게 세달백일 멤버들이 분주히 일어나서 안무를 연

습하기 시작했다.

 한시온은 없었지만, 대형상 한시온의 자리는 비워져 있는 것처럼.

* * *

 최세희는 날카로운 눈으로 유투브를 훑어봤다.

 어느덧 세달백일에 입덕한 지도 아주 오랜 시간이(1년도 안 됐다) 지났고, 이 팀의 패턴에 대해 파악했다.

 음원을 발매하지 않고 2주 동안 앨범을 파는 것에는 좀 당황했지만, 한시온이 앨범 판매에 진심이니 그럴 수도 있다.

 그리고 음원이 공개되는 순간, 느낌이 왔다.

 음원 순위를 최대한 뻥튀기하기 위해서 지금 타이밍에 발매했구나, 라는 느낌이(아니다).

 그렇다면…….

 "자정에 기습 뮤비 공개 각이라는 거지."

 여타 아이돌과 상리를 달리하는 방식이지만, 세달백일이라면 분명 그럴 것이다.

 최세희는 그런 생각을 하며 새로고침을 갈기다가 덜컥 멈춰 섰다.

 "말도 안 돼……."

새하얀 눈을 배경으로 꽃처럼 웃고 있는 한시온의 얼굴이 박힌 섬네일 때문이었다.
 사실 꽃처럼 웃는다는 건 지극히 최세희의 개인 판단이었다.
 실제로 한시온은 그냥 보일 듯 말 듯한 옅은 미소만 띄고 있었다.
 그러나 원래 찐팬의 눈에는 남들에게 안 보이는 것까지 보이는 법이었다.
 '아니, 이렇게 잘생겼는데!'
 게다가 객관적으로 한시온은 잘생겼다.
 압도적 외모라는 표현이 어울리는 이이온 때문에 세달백일 멤버들의 외모가 크게 부각되지 않은 것이었다.
 특히 일반 대중들의 반응은 더욱 그랬다.

 ─지금 보면 라이언 엔터 놈들이 일을 잘했단 말이지. 세달백일 같은 멤버를 어케 한 팀에 모았지?
 ─ㅇ? 엠쇼가 모은 거 아님?
 ─ㄴㄴ 테이크씬한테 대항할 B팀 구성을 라이언 엔터 신인개발팀에서 했음.
 ─'테이크씬한테 대항할'이란 수식어 보고 저항 없이 터졌다.
 ─ㅋㅋㅋㅋㅋㅋㅋㅋㅋ

-일을 잘한 새끼들... 너무 잘해서 테이크씬을 조진 새끼들... 그리고선 계약은 안 한 새끼들....

-그니까ㅋㅋㅋ 그냥 세달백일부터 데뷔시키고 테이크씬 데뷔시키지ㅋㅋㅋ

-테이크씬 데뷔 프로젝트가 ㅈㄴ 많아서 프로그램에 압력 가했던 건 이제 팩트잖아.

-ㅇㅇㅇ 세달백일 팬덤들 중론 보면 강석우 피디가 나름 커버 쳐서 그 정도 방송 나왔다고 하더라.

-하긴 그래서 계속 친하게 지내는 거 같긴 함.

-그러네ㅋㅋㅋ 돌이켜보니 라이언 엔터가 일을 잘하긴 했네. 세달백일 개성 쩔잖아.

-이이온 얼굴, 구태환 도입부, 온새미로 고음부, 최재성 끼.

-최재성 끼는 왜?

-아무리 봐도 Drop은 끼 때문에 뜬 곡임. 노래만 듣는 거랑 뮤비랑 같이 보는 거랑 느낌이 다르잖아.

-근데 최재성 스넘제에서 우승했잖아. 노래도 잘하는 거 아님?

-세달백일이자너ㅋㅋㅋ 상대적 비교지

-한시온은 없음?

-GOAT

거의 대부분이 이런 식이었다.

물론 티티 사이에서는 세달백일의 외모에 대한 이야기가 많았다.

하지만 그들조차도 콩깍지의 보정을 받고 있다는 생각을 많이 했다.

한데, 연말에 여론이 좀 바뀌었다.

세달백일 멤버들은 커밍업 넥스트부터 이이온과 함께 했지만, 딱히 굴욕 샷을 남긴 적은 없다.

물론 이이온과 한 프레임에 담겨서 시선을 빼앗긴 적은 많지만, 그게 굴욕까지 번진 적은 없다는 것이었다.

한데, 연말 가요제에서는 좀 달랐다.

-

[어쩌면 우리는 세달백일에게 가스라이팅을 당한 게 아닐까?]

1. 한시온 때문에 멤버들이 노래 못 부르는지 알았음.
 -〉최재성 스넘제 우승.
 -〉온새미로 마싱 명예 졸업. 심지어 경쟁자 ㅈㄴ 쟁쟁.

2. 구태환 때문에 다른 멤버들이 도입부를 못 부르는

줄 알았음.

-〉 복면강도 도입부 싹 다 이이온. 국내 알앤비 앨범 톱1.

-〉 온앤온 도입부 싹다 온새미로. 고음 원툴 개소리 증명.

-〉 최재성 리듬감 개지림. 테크노로 주간 차트 1위.

3. 이이온 때문에 다른 멤버들이 평범하게 생긴 줄 알았음.

-〉 연말 가요제 보고 깨달음. 이이온 옆에서 멀끔하게 생겨 있는 것만으로 천상계라는 걸.

-

-다른 건 모르겠는데 3번은 아니지 않음?
-(사진)(사진)(사진)
-오우 쉣.
-ㅋㅋㅋㅋ아 그러네ㅋㅋㅋ 세달백일 ㅈㄴ 잘생겼었네.
-뭐 이런 굴욕짤 대방출을....
-진짜 2010년대 들어서 가장 분노했던 순간이 세달백일 자컨 시청이었다....
-ㅇ? 갑자기 왜?
-자컨에서 운동 ㅈㄴ 열심히 하더라... 심지어 몸이 나

보다 좋더라....
 -ㅅㅂ 나도 갑자기 개빡치네.
 -지상최악의 아이돌 세달백일.
 -지나가던 사람인데 운동이 왜요?
 -잘생겼으면 운동하지 마.
 -왜요?
 -하지 말라면 하지 마 ㅅㅂ
 -왜라고 묻지도 말고 그냥 외워 ㅅㅂ

 이이온은 이런저런 아이돌들과 한 프레임에 잡히면서 온갖 사람들에게 굴욕 짤을 선사했다.
 심지어 여자 아이돌과 잡혀도 그랬다.

 -ㅋㅋㅋㅋㅋㅋㅋㅋㅋㅋ나 꽃덕인데 왜 이이온이 더 예뻐 보이냐ㅋㅋㅋ
 -꽃덕은 그런 말투 안 쓴다.
 -나 꽃덕인데 이게 맞다.

 세달백일과 얽혔던 역사가 있었던 웨이프롬플라워와 함께 찍힌 사진이 크게 화제가 되기도 했다.
 이 사진의 포인트는 웨프플이 굴욕을 얻은 게 아니다.
 연말 가요제에 맞춰 어마어마한 메이크업을 한 웨프플

도 굉장히 예쁘고, 화사했다.

웨프플의 팬덤 사이에서는 역대급 헤메코라고 불리는 짤들을 양산해 낸 순간이었으니까.

하지만 이이온이랑 함께 찍힌 사진에서는 이이온밖에 안 보였다.

분명 웨프플도 뛰어난데.

이런 관점에서 요즘 대중들은 '어쩌면 세달백일이 엄청나게 잘생겼을지도?'라는 반응이 생겨나고 있었다.

유머 섞인 밈처럼 퍼지고 있었지만, 그 안에 들어 있는 사실 관계는 팩트였으니까.

그러니 최세희가 한시온의 외모에 넋을 놓고 섬네일을 바라본 건 그리 잘못된 일이 아닐지도 몰랐다.

한시온은 현재까지도 자신이 잘생긴 외모는 아니라고 생각하고 있었지만, 그거야 말로 미국에서 오래 거주하면서 생긴 오해였다.

한시온의 스타일리스트를 봐주던 팀들은 할리우드의 최정상급 거물들을 상대하던 이들이었으니까.

한시온이 뛰어나게 잘생겼다는 분위기가 형성되는 게 더 이상한 배경이었다.

물론 한시온도 지금쯤 와서는 모국에서는 자신이 꽤 괜찮은 얼굴이라는 걸 인정했지만 말이었다.

그럼에도 불구하고 최세희가 말도 안 된다는 소리를 낸

건, 한시온의 외모 때문은 아니었다.

공개된 뮤직비디오 때문이었다.

더 정확히 말하자면.

"윈터 크림?"

[Official MV - 세달백일-Winter Cream]

Winter Cream의 뮤직비디오가 공개될 줄 몰랐기 때문이었다.

윈터 크림은 9번 트랙이다.

서머 크림과 같이 앨범의 하위 트랙에 포진되어 있으며, 세달백일의 주력 스타일이 아닌 이지 리스닝 곡이었다.

물론 이쯤 와서는 세달백일의 주력 스타일이 뭔지 헷갈리긴 했다.

빡센 아이돌 스타일의 케이팝도 잘하고, 알앤비도 잘하고, 심지어 테크노까지도 잘했으니까.

하지만 한 가지 확실한 건 세달백일이 쉬운 곡을 그렇게까지 선호하지 않는다는 것이었다.

듣기에는 시원시원하고 쉬워 보이지만, 뜯어보면 복잡한 곡들을 좋아한다.

그런 의미에서 서머 크림은 세달백일의 음악 세계와는

거리가 있는 곡이었고, 그게 공전의 히트를 거둔 것도 예상 밖의 일이었다.

오죽하면 서머 크림이 그렇게 히트를 할 줄 몰라서, 공식 활동 중에는 안무조차 없었다고 하니까.

여전히 전설로 남는 '앨범 전곡 공연' 때 처음으로 라이브를 했었다.

그래서 팬들은 윈터 크림도 마찬가지일 줄 알았다.

듣자마자 이게 눈송이인지 솜사탕인지 모를 정도로 녹아내리는 겨울 곡이지만, 활동은 없을 줄 알았다.

한데 타이틀곡도 아니고, 윈터 크림의 뮤직비디오가 나온다고?

9번 트랙이 첫 번째로 공개되는 뮤직 비디오라고?

그런 기분 좋은 당황스러움이었다.

최세희는 그런 생각을 하며 뮤직비디오를 클릭했다.

시작은 설산의 정상에서부터 쫘악 훑고 내려가는 시점이었다.

'보드? 스키?'

최세희는 그런 생각을 했지만 스키나 보드를 타고 내려간다고 생각하기에는 지나치게 속도가 빠르다.

그 순간, 화면이 하늘로 확 올라가더니 눈 덮인 새하얀 설산 위로 희미하게 3개의 달이 보였다.

세달백일의 뮤직 비디오나 콘텐츠에서 3개의 달이 의

미하는 바는 보통 명확했다.

다른 세상인 것이다.

좀 더 정확히 말하자면, 시간 이동을 할 수 있는 세달백일 멤버들이 이동한 곳이다.

이게 그동안은 100% 신뢰받는 해석은 아니었지만, 유닛 앨범으로 오피셜해졌다.

이번 유닛 앨범 Side A, B, C는 전부 타이틀곡이 뮤직비디오로 나왔었다.

한데 최재성의 〈Side B〉와 온앤온의 〈Side C〉는 하늘이 나오면 늘 달이 하나였다.

그러나 이이온과 구태환의 유닛인 복면강도의 〈Side A〉의 타이틀곡 뮤직비디오에는 달이 3개였다.

게다가 이건 실수가 아니라 의도라는 게 명백했다.

3개의 뮤직비디오는 하늘을 반복해서 노출을 했는데, 〈Side A〉에서는 늘 달이 3개였으니까.

그것도 선명하게.

그래서 티티 사이에서는 유닛 앨범 중 〈Side A〉만 정규 앨범의 스토리와 연관이 있는 게 아니냐는 이야기가 있었다.

다른 건 현실에서 벌어진 공연 씬 같은 느낌도 있었으니까.

그리고 지금 3개의 달이 보여지는 걸 보니, 가능성이

꽤 높아 보이기도 했다.

그 순간, 희미하게 보이는 3개의 달을 사이로 백로 한 마리가 날아올랐다.

알고 보니 설산의 정상에서부터 훑고 내려가던 시선은 보더나 스키선수의 시점이 아니라, 백로의 시점이었다.

그러게 백로가 설산을 훑고 내려가는데, 저 아래에 웃고 즐기는 사람들이 보이기 시작했다.

세달백일이었다.

백로가 사람들을 향해 활강을 시작했는지, 세달백일이 점점 잘 보이기 시작한다.

한시온의 팬인 최세희는 우선 한시온의 헤메코를 훑었다.

한시온의 개인 팬들의 소원은 통일도 아니고, 세계 평화도 아니다.

바로 한시온의 염색이다.

물론 한시온이 정말 염색을 해 주면 곧장 다른 소원이 생기겠지만, 일단은 그랬다.

그러나 한시온은 여전히 검은 머리를 고수하며 눈 위에 서있었다.

한데, 배경 때문에 그런지 그게 굉장히 잘 어울린다.

한시온은 피부 색이 하얗고 색소가 부족한 느낌이 있는데, 그게 배경과 찰떡이었다.

의상도 마찬가지였고.

그렇게 한동안 눈으로 한시온을 쫓던 최세희는 뭔가 허전함을 느꼈다.

'뭐가 허전한 거지?'

그런 생각을 하던 최세희는 인원이 한 명 없다는 걸 깨달았다.

분명 세달백일 멤버들이 모여 있는 설산이었는데, 4명뿐이다.

없어진 주인공은 이이온이었다.

'어디 갔지?'

최세희는 그런 생각을 했지만, 대수롭지 않게 생각했다.

뮤직비디오 스토리는 n회차 재생 때 확인하면 된다.

일단은 시온이를 눈에 담을 시간이었으니까.

뮤직비디오는 비주얼 폭탄이다.

한시온, 구태환, 온새미로, 최재성.

네 명 모두 눈이 부시는 외모다.

샵을 바꾼 건지, 관리를 열심히 받은 건지, 아니면 진짜 연예인의 아우라를 갖게 된 건지.

넷 다 너무 잘생겼고, 그중 한시온이 최고다.

인터넷에서 우스갯소리로 나오는 말처럼 이이온이 없으니까 역보정 효과가 사라진 걸지도 모른다.

그래서 보는 재미가 있었다.

하지만 멍하니 보고 있어도, 최세희는 금방 이 뮤직비디오의 스토리를 간파할 수 있었다.

'……이이온이 없는 세계선?'

이건 이이온이 없는 세계선이다.

멤버들은 그들이 4명이라고 굳게 믿을 때면 하늘에 떠 있는 3개의 달이 희미해진다.

그러나 누군가 빠트린 것 같다는 본능적인 느낌이 들 때면 하늘에 떠 있는 달이 선명해진다.

특히 식당을 예약할 때, 구태환이 자꾸 5명을 예약했다가 고개를 갸웃하곤 했다.

그렇다는 건, 이이온이 어떤 잘못된 시간 여행을 해서 존재하는 세계선과 존재하지 않는 세계선이 혼재된 것 같았다.

그리고 아마도…….

백로가 이이온인 것 같다.

이유는 모르겠지만, 세달백일 멤버들은 백로를 보지 못하고, 백로는 세달백일 멤버들을 추적하고 있으니까.

그렇게 비주얼은 폭탄이고, 스토리는 알싸한 뮤직비디오가 이어졌다.

최세희는 점점 걱정이 되기 시작했다.

일단 뮤직비디오는 너무 재밌고, 노래도 너무 좋다.

윈터 크림의 가사에 맞춰 설산에서 펼쳐지는 소년 4명

의 깨발랄도 즐겁다.

이 정도면 화보집을 동영상으로 만들어 놨다고 봐도 무방하다.

하지만 노이즈가 생길 것 같다.

'이렇게까지 이이온을 배척해도 되나?'

백로가 이이온이라는 짐작은 되지만, 그래도 얼굴은 나와야 하는 거 아닌가?

그러나 원터 크림의 뮤직비디오가 끝날 때까지 이이온은 등장하지 않았다.

아니나 다를까 댓글에는 이이온의 개인 팬들로 보이는 이들의 욕설이…….

"어?"

그 순간, 욕설을 짓밟으며 미친 듯이 떠오르는 단어는 '다음 뮤직비디오'였다.

유튜브의 오피셜 채널로 들어가니, 또 다른 뮤직비디오가 공개되어 있었다.

썸네일에 박힌 건, 무표정한 표정으로 카메라를 빤히 응시하는 이이온이었다.

"와, 진짜……."

말도 안 되게 잘생겼다.

최세희는 그런 생각을 하며 뮤직비디오를 클릭했다.

[Official MV - 세달백일 - 시간을 지나쳐]

정규 2집 앨범 〈Stage〉의 4번 트랙인 '시간을 지나쳐'는 케이팝에서 자주 활용되는 하우스 장르의 음악이었다.

외부에서는 이 곡이 딥 하우스의 장르를 표방한다고 하지만, 작곡가인 한시온의 생각은 좀 달랐다.

〈시간을 지나쳐〉가 딥 하우스의 논지를 따라가는 건 맞다.

끈적끈적하면서도 몽환적인 느낌을 배경으로 깔았으니까.

하지만 사운드가 주는 재미는 딥 하우스와 꽤 거리가 멀다.

쨍한 사운드의 악기를 전면에 배치했으며, 드럼이 형성하는 리듬 자체도 딥 하우스보다는 슬랩 하우스에 가깝다.

물론 슬랩 하우스의 리듬을 그대로 사용하면 이질감이 드니까, 케이팝에 맞는 수정을 했지만.

그러니 한시온은 굳이 따지자면 이 곡이 슬랩 하우스, 트로피컬 하우스, 딥 하우스를 섞은 하우스의 믹스 장르라고 생각했다.

그러나 이런 건 작곡가의 의도일 뿐이고, 최세희를 비

롯한 보통의 리스너들은 딥 하우스라고 받아들였다.

그보다 더 많은 이들은 곡의 장르가 뭔지를 굳이 생각하지 않았고.

또한 최세희를 비롯해 유튜브에서 세달백일의 뮤직 비디오를 시청하는 이들의 머릿속에는 음악 장르보다 다른 게 중요했다.

그게 뭐냐면…….

'이 곡이 지금 뮤직비디오로 쓰일 만한 곡인가?'

곡이 별로라는 게 아니다.

곡은 너무나 좋다.

하우스 특유의 느낌을 좋아하는 이들은 이번 앨범에서 4번 트랙을 베스트 트랙으로 뽑는 걸 주저하지 않았다.

하지만.

'이거 그냥 사랑 노래 아니었나?'

이게 문제였다.

최세희가 판단한기로는 윈터 크림에서는 이이온의 존재가 사라져 있다.

여행의 불참을 뜻하는 게 아니라, 세계선의 망각을 뜻한다.

물론 완전한 망각은 아니라서, 멤버들이 종종 이이온의 자취를 떠올리는 것 같긴 하지만 희미하다.

그렇다면 상황상 이번 뮤직비디오에서 해답이 나와야

한다.
 왜 이이온이 시간선에서 사라졌으며, 멤버들은 그것을 왜 잊어버렸는지.
 그런 드라마 타이즈 형식의 뮤직비디오가 필요하다.
 한데, 시간을 지나쳐는 그런 것에 어울리지 않는 곡이다.
 우리가 함께했던 시간을 지나쳐, 우리는 이제 남남이 됐지만, 여전히 널 그리워한다는 가사였으니까.
 최세희는 그런 의문을 품으면서도 뮤직비디오에 집중했다.
 개인적인 호불호를 따지자면 최세희는 세달백일 멤버들 중에서 이이온을 가장 안 좋아했다.
 비난하고 배척한다는 이야기는 아니고, 그냥 호감도가 낮았다.
 함께 덕질을 하는 친구는 그런 최세희를 보면서 '감히 닿을 수 없다는 걸 알아서 거부감을 느끼는 거지'라고 말했지만, 본인은 그런 느낌은 아니라고 생각했다.
 어쨌든 최세희는 이이온에 대한 콩깍지가 없었기에, 보다 객관적으로 뮤직비디오의 스토리를 파악할 수 있었다.
 특히 그 시작이 의미심장하다.
 요사하고 사특한 붉은 빛이 온 세상을 부글부글 끓게 만드는 공간.

그 사특한 붉은 빛 사이로 은은한 은색 달빛이 내려와 이이온의 얼굴을 비추고, 뭔가에 홀려 있던 이이온이 화들짝 놀라 정신을 차린다.

그리곤 금방이라도 사라질 듯 희미해지는 멤버들을 보며 소리 지른다.

[Focus!]

Focus······.
Focus······. Focus······.
리버브가 잔뜩 들어간 이이온의 외침이 메아리처럼 울려 퍼진다.
이이온이 고개를 들자, 하늘에 세 개의 달이 떠 있다.
최세희는 이 뒤에 이어질 대사를 알았다.

[State of mind!]

그랬다.
시간을 지나쳐의 시작은, 세달백일이 처음으로 공개한 뮤직비디오이자, 무려 6개의 티저를 공개해서 테이크씬을 발라 버렸던 곡.
〈State Of Mind〉의 한 장면에서 출발했다.

본래 이 뒤의 장면은, 알 수 없는 세계로 떨어진 세달백일 멤버들이 각자의 진영에서 탈출하는 것이었다.
 그리고 한 곳에 모여서 가면을 벗는 것.
 가면은 불신을 의미했고, 가면을 벗는 건 신뢰를 의미했다.
 왜냐하면 서로 다른 진영의 인물들이 가면을 벗으면 죽어 버리니까.
 게다가 각각의 가면이나 각각의 진영에 여러 가지 상징물들이 배치되어 있었는데, 뮤직비디오를 해석하는 이들을 즐겁게 했었다.
 하지만 이번엔 달랐다.
 정신을 집중하라는 이이온의 외침과 함께 하늘을 향했던 카메라가 무대 위를 비추면.

 [……]

 아무 것도 남아 있지 않았다.
 요사스럽고 사특한 붉은 빛만 남아 있다.
 그들의 정신을 차리게 해줬던 달빛은 자취도 남기지 않은 채 사라져 있었다.
 하지만 무대는 텅 빈 것이 아니었다.
 난데없이 따각따각 거리는 남자의 구두의 굽 소리가 들

리고, 붉은 빛만 남아 있는 공간으로 누군가 나타났다.

머리를 올백으로 넘기고 까만 정장을 쫙 빼입은 이이온이었다.

"으어……."

최세희는 저도 모르게 환호를 참았다.

그녀는 객관적인 상태긴 했지만, 저건 객관적으로 봐도 환호가 나온다.

하지만 어딘지 이이온의 평소 분위기와는 많이 달랐다.

평소의 이이온은 고지식한 느낌이 있고, 팬들이 청학동 밈을 붙이는 걸 좋아한다.

밈뿐만 아니라, 사람도 실제로 그러하다.

교육자 집안에서 엄하게 자랐다는 걸 모르는 사람이 없으니까.

그러니 지금은 그런 느낌 대신, 아슬아슬하고 위험한 느낌이 강했다.

'저 느낌은 시온이 건데…….'

최세희는 그런 생각을 했지만, 잘 어울린다는 걸 부정하진 않았다.

눈 화장 덕분에 눈매가 진해 보이는 이이온은 그렇게 무대 위를 걸어서 바닥에 놓인 뭔가를 물끄러미 쳐다본다.

오르골이었다.

그 순간, 손을 대지도 않았는데 오르골에서 음악이 흘러나오기 시작한다.

♬♪♪♩♪♪~

그건 〈시간을 지나쳐〉의 메인 멜로디였다.

쨍한 느낌을 주는 악기 대신 피아노 같은 건반으로 연주를 한 듯 부드러운 사운드.

그 순간, 세상이 회색으로 번지고 유일하게 색감이 남은 이이온이 회한이 남은 눈으로 오르골을 쳐다본다.

그때 화면 밖에서 새하얀 손이 들어오고, 한 여자가 오르골을 잡고는 환하게 웃는다.

그리고 누군가에게 건네면, 그걸 받고 해사하게 웃는 게 이이온이었다.

정장은 온데간데없고 편한 카라티에 청바지 차림.

하지만 어딘지 회색빛이 남아 있는 것 같은 색감.

'아, 과거 회상이구나.'

그렇게 이이온과 여자의 과거 회상이 시작되면서 노래가 흘러나오기 시작했다.

일견 듣기엔 느릿느릿하고 몽환적이지만, 그 안에 들어 있는 메인 멜로디가 쨍하다.

슬프거나 아련한 느낌도 아니고, 그렇다고 기쁘거나

화려한 느낌도 아니다.
 그사이 어디쯤에 우두커니 서 있는 것 같은 느낌 위로 익숙한 구태환의 도입부가 시작된다.

[이건 전부 꿈이야]
[널 스쳐 보낸, 뒤로]

 가사는 달라졌지만, 이 비트와 리듬감은 복면강도의 〈Side A〉에 있었던 〈Separate〉의 느낌을 공유한다.
 이처럼 세달백일의 정규 2집 앨범은, 유닛 앨범을 들은 이들에게는 또다른 재미를 줬다.
 마치 보물을 발굴하는 것처럼.
 그 뒤로, 온새미로의 목소리가 이어진다.

[지나쳐, 이 감정]
[지나쳐, 그 기억]
[지독하게 선명한]

 지나치다와 지나쳐 보내다의 뜻을 가지는 '지나쳐'라는 동음이의어의 워드 플레이로 가사가 전개된다.
 1집 앨범만 해도 한시온은 온새미로에게 저음 파트를 잘 주지 않았다.

엄밀히 따지면 온새미로에게 저음 파트의 약점이 있는 건 아니다.

온새미로는 처음부터 노래를 잘 불렀고, 그건 저음과 고음을 가리지 않았다.

하지만 세달백일이란 팀 내에서는 강점이 없는 것도 사실이었다.

저음 파트와 도입 파트는 대부분 구태환, 이이온, 최재성의 차지였다.

온새미로보다 강점이 있으니까.

하지만 어느새 그들의 강점은 섞여 들어갔다.

온새미로는 꼭 한시온에게서만 음악을 배운 게 아니다.

구태환의 특별한 리듬감을 보고 배웠고, 이이온의 정확한 표현을 함께 연습했다.

최재성의 밸런스에다가 원래부터 본인이 타고난 '좋은 소리'를 내는 법을 깨달았다.

그러니 이번 2집 앨범에는 고정된 역할군이 없었다.

심지어 몇몇 트랙에서는 구태환이 도입부를 맡지 않은 곡들도 있었다.

이 말은 곧, 세달백일은 더욱 성장했고, 더욱 완벽해졌다는 것이었다.

한시온은 그 완벽함이 멤버들의 향상심을 없애 버린 게 아닐지 걱정하고 있었지만, 팬들은 달랐다.

박수를 쳤다.

-와 이제 세달백일은 어나더 레벨 아니냐.
-개인적으로는 케이팝 역사에 영원히 기록될 것 같음.
-풀렝스 앨범을 1년에 2개를 뽑았는데, 둘 다 고트야;
-심지어 앨범은 무슨 90년대 가요계마냥 팔려 나감ㅋㅋㅋ
-이게 웃긴 게 유닛 앨범 돌리고 있으면 2집 앨범이 듣고 싶고, 2집 앨범 돌리고 있으면 거기서 드리는 유닛 앨범을 다시 듣고 싶음
-ㄹㅇ 무한굴레.
-돌르마무;

뮤직비디오에 달린 댓글만 봐도 반응을 알 수 있었다.
하지만 이번 2집 앨범에서 누가 뭐래도 가장 박수를 받는 멤버는 한시온이었다.
소포모어 징크스를 극복하고 1집보다 더 좋은 2집 앨범을 내서?
수많은 작곡 기법들을 통해 다양한 장르를 재해석해서?
애플에 선택받을 정도로 능력 있는 작곡가가 케이팝 작법에 맞춰서 명곡을 내서?

다 맞는 말이지만, 그보다 더 원론적인 이유가 있었다.
바로.

[먼 시간, 그 쪽에서]
[보낸 시간은]
[Orange Color]

노래를 잘 부르기 때문이었다.
 최재성이 스넘제에서 우승할 때, 사람들은 놀라서 박수를 쳤다.
 최재성이 이렇게까지 노래를 잘 부르는지 몰랐다.
 온새미로가 마스크드 싱어에서 쟁쟁한 가수들을 전부 물리치고 4주간 복면왕을 차지해 명예 졸업을 할 때도 사람들은 박수를 쳤다.
 아이돌 중에서 잘 부르는 줄 알았는데, 그런 레벨이 아니었다고.
 셀프 메이드 촬영 중 복면강도가 홍대를 씹어 먹고 정체가 공개됐을 때도 사람들이 박수를 쳤다.
 도입부 원툴인 줄 알았던 구태환이 하이라이트를 불렀고, 세달백일에서 실력이 가장 처지던 이이온이 대부분의 도입부를 불렀다.
 근데 그 곡이 홍대를 씹어 먹고, 인디 팬들 사이에서

널리 회자되었으니까.

그러나 한시온은 반대였다.

그는 등장부터 웨이프롬플라워의 망한 노래를 낙화로 재탄생시키고, 후렴 원툴인 가로등 아래서를 붐업 시켰다.

그러니 한시온이 커밍업 넥스트에서 우승할지 못할 때는 사람들이 고개를 갸웃했다.

대체 왜 저 실력으로 우승하지 못한 거냐고.

이처럼 한시온이 노래를 잘 부르는 건 너무나 명확한 명제라서 별로 언급이 되지도 않는다.

오히려 작곡 실력에 관한 언급이 더 많지.

그러나 이번 2집 앨범에서는 작곡 못지않게 한시온의 보컬에 대한 이야기가 많았다.

-와ㅏㅏㅏㅏ 한시온 진짜 미친 거 같음ㅋㅋㅋㅋㅋ
-한시온도 다음에 마싱에 나와 주면 안 되나? ㄹㅇ 명 졸 꿀꺽할 거 같은데ㅋㅋㅋ

이유는 간단했다.

시간이 흘렀으니까.

한시온은 회귀하자마자 이런 생각을 했었다.

지난 생의 난 7천만 장의 피지컬 앨범을 판 밴드의 보컬리스트였다.

하지만 지금은 아니다.

성대도 훈련이 필요한 근육이고, 음색은 조율하는 데 시간이 걸린다.

1년 정도면 내 마음에 드는 소리를 낼 수 있고, 2년 정도면 전성기를 찍을 수 있다.

그리고 지금 1년이 지났다.

드디어 한시온이 마음에 드는 소리가 나오기 시작했다는 것이었다.

심지어 여기서 1년이 더 지나면?

순수 피지컬 앨범 만으로 7천만 장을 팔아치운 보컬의 실력을 되찾는다.

그게 슬슬 티가 나고 있었던 것이었다.

그렇게 한시온의 보컬과 함께 곡이 나아갔다.

앞선 뮤직비디오에는 이이온이 나오지 않았지만, 이번 뮤직비디오에는 세달백일이 나오지 않는다.

어이없지만, 세달백일의 활동 곡의 MV는 이이온 단독이었다.

하지만 사람들은 그러려니 하기도 했다.

세달백일이 언제부터 남들이 하는 행동을 그대로 따라

간 적이 있었던가?

　언제나 자기들 마음 내키는 대로 행동했지.

　사람들은 대신 낯선 얼굴의 신인 여배우에 대한 호기심을 드러냈다.

　-저 여자 누구임?

　-몰라. 근데 연기 잘하는 거 같네?

　-막 엄청 예쁜 건 아닌 거 같은데 또 이이온이랑 투샷 잡아 놓으면 잘 어울리네.

　-ㅇㅇㅇ 묘하게 빨려 들어가는 느낌이 있네.

　현시점에서 아무도 모르는 이야기지만, 세달백일의 MV에 등장한 여배우는 한시온이 직접 고른 픽이었다.

　당연히 회귀자로서의 픽이다.

　한시온은 미국에서 활동할 때는 한국을 크게 들여다보지 않았다.

　그 기간이 백 년 가까이로 길어졌을 때는 한국에 대한 많은 것들을 까먹기도 했다.

　회귀 지점은 한국의 사거리지만, 최지운 변호사에게 모든 일을 내던지고 미국으로 곧장 떠나 버리니까.

　그나마 만나는 한국인이라고 해 봐야 현수 삼촌이 전부고.

그럼에도 불구하고 한시온은 '이성아'라는 여배우를 알고 있었다.

그녀는 5년 내로 오스카상을 거머쥐고, 할리우드에 진출해서 월드스타가 되는 사람이니까.

한시온이 아무리 한국에 대해 귀 닫고 눈을 감고 산다고 해도 모를 수가 없는 얼굴이었다.

이성아가 세달백일의 MV에 출연한 건 우연이긴 했다.

뮤비에 필요한 여배우를 구하고 있는데 연극 포트폴리오를 잔뜩 적어서 지원을 했으니까.

그게 한시온의 눈에 띄었고.

처음에 서승현 본부장은 좀 더 유명한 배우를 쓰고 싶어서 마뜩잖아 했지만, 연기를 보고는 마음이 바뀌었다.

심지어 SBI 엔터와 계약을 하자고 꼬드기는 중이기도 했다.

아직 극단에 소속되어 있을 뿐, 회사가 없었으니까.

하지만 이런 건 전부 여담이었고, 사람들이 알 수도 없는 이야기였다.

그들은 뮤직비디오에 집중했고 많은 정보를 알 수 있었다.

-저게 세달백일 이이온은 아닌 거 같지?
-ㅇㅇ 좀 옛날 같기도 함. 이이온이랑 똑같이 생긴 다

른 사람 같은데?
-이이온의 전생 같은 건가?
-오, 가능성 있음.
-근데 또 전생이라고 하기엔 시간대가 애매함. 차라리 비슷하지만 다른 세계 아닐까?
-그놈의 멀티버스는 ㅅㅂ 맛있네?
-ㅋㅋㅋㅋㅋㅋㅋㅋㅋ

우선 지금 회상 씬으로 펼쳐지는 사랑 이야기는 친구들과 시간 여행을 하는 세달백일의 이이온의 이야기는 아니었다.

얼굴은 같지만 다른 사람이다.

애초에 시간대가 맞지 않기도 하고, 그 증거로 제시되는 씬들이 굉장히 많았다.

심지어 명찰에 적힌 이름조차 이이온이 아니었다.

이름이 제대로 보이진 않지만, 명찰에 적힌 글자의 형태를 보아하니 외자였다.

-편의상 이이온 MK2라고 부르자ㅋㅋㅋㅋㅋㅋㅋ
-MK2on
-zzzzzzzzzzzzzzzz좋네

그는 안타까운 사건 속에서 연인을 잃었고, 폐인이 되었다.
하지만 금세 정신을 회복했다.
한 가지 가능성을 엿봤기 때문이었다.
바로, 시간 여행이었다.
물론 이런 내용이 자세히 나오진 않았다.
이게 SF 영화도 아닌데, 연인을 잃고 시간 여행을 준비하는 게 자세히 나와 봤자 유치할 뿐이다.
대신 회중시계나, 달력, 손목시계 같은 상징물들로 그가 시간 여행을 준비하고 있다는 티를 냈다.
그렇게 이이온과 똑같은 얼굴을 가진 남자의 시간 여행이 시작됨과 동시에, 노래의 후렴이 울려 퍼졌다.

* * *

인터넷이 세달백일의 이야기로 시끄러워졌다.
세달백일은 30분 간격으로 뮤직비디오 4개를 공개했다.
순서를 언급하자면…….

Winter Cream.
시간을 지나쳐.

Time Traveler.
Stage.

타이틀 곡인 〈Stage〉의 뮤직 비디오가 나오는 건 당연하다.

하지만 나머지 3개는 정말 의외였다.

윈터 크림은 지난 앨범에서 이어지는 컨셉이 있지만, 앨범의 유기성에 큰 역할을 하는 트랙은 아니다.

게다가 세달백일 특유의 뭘 했는지는 모르겠지만 듣기 좋은 트랙도 아니었다.

대놓고 이지 리스닝을 표방해 모든 걸 때려 박은 느낌?

그게 시장에 먹혀서 사람들이 좋아하긴 하지만, 한시온이 좋아하진 않을 것 같다는 게 사람들의 중론이었다.

하지만 이건 한시온을 모르고 하는 소리다.

사람들은 한시온이 힙스터 병이 있고, 특별함을 추구한다고 하지만 꼭 그렇진 않았다.

만약 한시온의 목표가 피지컬 앨범 판매 5,000만 장이었다면, 한시온은 이지 리스닝의 괴물이 되었을 것이었다.

앨범의 유기성 같은 건 개나 줘 버리고 그냥 듣기 좋은 트랙으로 꽉꽉 채워서 쉬지 않고 앨범을 냈을 것이었다.

그러나 한시온의 목표는 2억 장이고, 그는 가수의 생애 주기가 어떻게 되는지를 명확히 경험했다.

가수가 인기를 얻는 순간에는 음악이 중요하다.

좋은 음악을 발매하고, 좋은 반응을 얻어서, 그 긍정적인 리액션을 가수란 캐릭터에 이식한다.

하지만 인기가 절정에 이르는 순간부터는 음악보다 가수의 캐릭터가 가진 힘이 더 강해진다.

'ㅇㅇ'의 자이온이 아니라, 자이온의 'ㅇㅇ'가 되는 것이다.

이쯤 되면 노래를 내면 팬들이 기대하는 부분이 있고, 세상 사람들이 예상하는 부분이 있다.

그게 나쁜 건 아니다.

하지만 문제는 유행은 바뀌고, 자극은 익숙해진다는 것이었다.

회귀자인 한시온은 유행이 얼마나 바뀌든 모조리 맞춰서 좋은 앨범을 낼 능력이 있다.

하지만 사람들의 편견은 그렇지 않다.

'자이온은 이런 걸 잘하지.'

'지금 유행이랑은 메타가 좀 안 맞네.'

'괜찮은 곡인 것 같은데, 이미지랑 살짝 어색한 듯?'

인기 가수가 가진 캐릭터성이 너무 견고해져서, 시대에 맞는 앨범을 내도 어울리지 않는다는 것이었다.

이건 특히 한시온이 가장 오랜 세월을 살았던 생에서

경험했던 것이었다.

가장 오래 살았을 때, 한시온은 42살까지 살아 봤는데 그때 처음으로 앨범의 흥행 참패를 느꼈었다.

그 뒤로 깨달은 게 있다면, 2억 장을 팔기 위해서는 예측되어선 안 된다는 것이었다.

가수의 인기와 무관하게, 그들의 음악이 특정 형태에 매몰되면 안 된다.

그래서 음악으로 할 수 있는 모든 걸 해야 하고, 때론 하지 않아도 되는 모든 걸 해야 한다.

그래야만 '자이온은 ㅇㅇ를 잘하는 가수'라는 편견이 없어진다.

이 편견이 없어질 때, 비로소 롱런을 할 수 있게 된다.

하지만 생각해 보면 이건 가수의 프로모션과 정반대되는 행위였다.

에이전시들은 연예인에게 캐릭터를 부여하기 위해서 부단히 노력하고, 그 캐릭터의 생명을 연장하기 위해서 부단히 노력한다.

하지만 한시온은 캐릭터성 없이 스타가 되려고 하니, 거의 불가능에 가까운 일이다.

그럼에도 불구하고 한시온이 해낼 수 있는 건, 실력이 있기 때문이었다.

지구상에 현존하는 모든 뮤지션들 중, 음악을 가장 잘

하는 사람이었으니까.

 이건 세달백일도 마찬가지다.

 한시온이 '힙시온'이라고 불리며 다양한 것들을 시도하는 것에 대한 이미지는 세달백일에게도 이식되어 있다.

 그래서 사람들은 세달백일의 앨범이 나오면 '어떤 트랙이 들어 있겠거니'라고 예상하지 못했다.

 그냥 좋은 노래가 들어 있을 것 같다는 막연한 짐작만 할 뿐이었다.

 어떤 의미에서는 지난 1년 동안 한시온이 이룩해 낸 가장 큰 산물이 이런 이미지였다.

 그러니 한시온이 〈Winter Cream〉의 뮤직비디오를 발매하고, 활동 곡으로 삼은 것 자체는 의외의 선택은 아니었다.

 남들이 보기에는 의외일지 몰라도.

 이런 의미에서 '시간을 지나쳐'도 마찬가지다.

 아이돌 그룹의 MV에 멤버 혼자 출연하는 이상한 방식을 선택하긴 했지만, 불가능하진 않다.

 〈Winter Cream〉에는 이이온이 나오지 않으니까.

 진짜 의외의 선택은 〈Time Traveler〉였다.

 팬들을 위해 만들어진 보너스 트랙이자 팬 송의 뮤직비디오가 나올 거라고 상상한 티티는 아무도 없었으니까.

심지어 MV의 세계관 해석에서 아주 중요한 역할이었다.

—

[오늘 공개된 뮤직비디오 연결 해석!]

…….

아무튼 뮤비에 대한 이야기를 해보자면!

Winter Cream은 이이온이 없는 세계에 대한 모습을 꾸준히 보여 주고 있는데, 여기 힌트가 달인 것 같아.

하늘에 3개의 달이 선명할 때는 가변되는 세계인 것 같아.

구태환이 레스토랑을 예약한다든가 하는 행위를 할 때, 자꾸 5명을 찍잖아?

그때 보면 늘 달이 선명해.

그에 반해 달이 흐릿하면 그게 현실이 되어 버리는 중인 거야.

아마 완전한 현실이 되면 달이 하나가 될 듯?

흐릿해지는 모습을 보면 좌우에 있는 두 개의 달이 점점 희미해지거든.

가운데 달은 여전히 선명하고.

윈터 크림의 마지막 씬을 보면 달이 선명한 채로 끝났지?

이 말은 곧 이온이가 돌아온다는 증거 같은 거야.
 근데 이온이가 왜 잊혀졌느냐?
 이건 시간을 지나쳐랑 T.T를 보면 알 수 있는데…….
 -

 -그러니까 시간을 지나쳐에 있는 MK2on이 시간 여행을 처음으로 시작한 사람인데, 그 능력이 이이온에게 이식됐다는 거지?
 -ㅇㅇㅇ 그래서 몸속에 갇혀 있는 듯?
 -갇혀 있다기보다는 이중인격이란 단어가 어울릴 것 같은데? 트리거가 발동하면 깨어나는.
 -아 그럼 스오마에서 이이온이 뭔가 꾸민 것처럼 굴다가 멤버들에게 경고하는 것도 이중인격이구나?
 -ㅇㅇㅇ 저 이중인격이 깨어날 때면 좀 화면을 붉은? 느낌으로 만드는 듯. 티가 나게.
 -맞어. 스오마 오프닝에서 붉은 빛이 강당을 휘감고 있는데, 달빛이 내리쬘 때 이이온이 정신을 차리잖아.
 -달빛은 그럼 뭐지?
 -세달 아님? 세달백일의 은총ㅋㅋㅋ
 -아니 근데 팬 송의 뮤직비디오가 이렇게 중요한 역할을 할 줄 몰랐어… 감동이야ㅠㅠ
 -심지어 온간 팬 서비스 컷은 다 때려 박았어ㅠㅠㅠ

-그러면서도 스토리 해석에서 아주 중요한 역할을 하고ㅎㅎㅎㅎㅎ

-헿ㅎㅎㅎ

사람들은 수월하게 뮤직비디오를 해석했다.

이번 곡은 〈State Of Mind〉처럼 어렵게 만든 뮤직비디오가 아니었다.

상징물은 미장센을 통해서 명확히 상징물이라는 티를 냈고, 중요한 포인트는 카메라 포커스로 맞춰 주었다.

이런 선택을 한 것은, 한시온이 S.O.M의 뮤직비디오를 발매한 뒤 느낀 점 때문이었다.

사실 한시온이 S.O.M을 만들 때는 대부분의 상징물을 숨겨 두었고, 복잡한 세계관과 스토리를 배치했다.

그러나 사람들이 본인이 의도한 것의 30%도 해석하지 못하는 걸 보고, 이번 뮤직비디오는 좀 쉽게 만들기로 한 것이었다.

이것은 한시온 입장에서 약간의 착각이었는데, 지난 생에서 그는 빌보드의 슈퍼스타였다.

아무리 세달백일로 성공했다지만, 거느리고 있는 팬 층 자체가 달랐다.

그래서 그가 뮤직비디오를 아무리 복잡하게 만들어도 집단 지성 덕분에 기어코 해석이 되곤 했다.

오히려 한시온이 뮤직비디오에 많은 상징을 넣는 것을 Genius(미국의 대표적인 콘텐츠 해석 사이트) 유저들은 좋아하기도 했고.

그러나 세달백일로서는 아직 그 정도 집단지성을 보일 팬층을 확보하지 못했다.

물론 티티는 그런 걸 좋아했고, 나름대로 잘 해석해줬지만, 한시온의 입장에서는 팬덤과 대중이라는 두 마리 토끼를 다 잡아야 했으니까.

그래서 좀 쉽게 만들면서 사람들의 반응을 살피고 있었던 것이었다.

그리고 이 반응은 터졌다.

아이돌 뮤직비디오를 해석하고 즐기는 것과 꽤 멀리 떨어진 20-30의 남성들이 반응한 것이었다.

물론 갑작스러운 일이 아니긴 하다.

그들도 〈State Of Mind〉를 통해서 아이돌 뮤직비디오도 영화처럼 즐길 수 있다는 걸 경험해 본 적이 있으니까.

그렇게 뿌려 놓은 씨앗이 이번 계기에 폭발한 것이었다.

그만큼 세달백일의 뮤직비디오에 쏟아진 거대한 관심은 명백했다.

뮤직비디오가 공개되는 순간 쏟아진 수많은 기사부터 온갖 인터넷 사이트의 베스트 게시글까지.

온 세상이 세달백일이었다.

-반응이... 심상치 않은데?
-1집 앨범이 고점일 수 있다는 각오도 했었는데....
-사실은 저점이었나...?
-최대호의 억까가 대체 뭘 얼마나 억제하고 있었던 거야?
-최대호... 또 너냐....

팬들이 팬심으로 착각하는 게 아니다.
명백한 현실이다.
그 증거로 음원 사이트의 순위가 멈춰 버렸다.
실시간 순위는 쉽게 바뀌는 성질의 것이다.
일간 차트 1위라고 해서 언제나 실시간 차트 1위를 하고 있진 않다.
오히려 팬덤의 서포팅을 받아 새벽 내내 실시간 차트 1위를 기록한 곡이 일간 차트 50위권에도 들지 못하는 경우가 있었다.
하지만 현재는 단 4곡이 실시간 차트를 멈춰 버렸다.
최상단이 고정돼 버렸다는 말이었다.
오류인가 싶을 정도로.

1 – Winter Cream (Hot)
2 – Stage(Hot)
3 – 시간을 지나쳐(Hot)
4 – Time Traveler(Hot)

그뿐만이 아니었다.
뮤직비디오의 조회 수의 단위가 달라졌다.
최초 공개 후 2시간 만에 100만 조회수를 돌파한 것은, 세달백일의 팬덤이 보기에도 놀라운 일이었다.

-아니, 왜?
-머글들이 붙었나?
-세달백일은 원래도 머글 픽이었는데;

거의 분 단위로 조회 수를 분석하고 있는 티티도 당황할 정도의 화력이었는데, 정답은 간단했다.
바로, 해외였다.

-(링크) 이거 해외 케이팝 포럼인데, 이쪽 애들이 더 당황하는 중인데요?
-왜요?
-이런 실력의 그룹이 있었는지 몰랐다부터 시작해서

컬러 쇼에 나온 게 케이팝 그룹인지 몰랐다는 이야기까지 다양해요!

-ㅋㅋㅋㅋㅋ지금 댕웃겨요. 블루스 포럼에서 케이팝 포럼한테 세달백일 설명하고 있어요ㅋㅋㅋㅋ

-악ㅋㅋㅋㅋ 그쪽에서는 세달백일이 좀 유명하니까.

-시사이드 하이츠 연주 이후부터 은근히 네임드 취급이긴 했어요.

-영어 능력자 해석본 없나요ㅠㅠ

-지금 State Of Mind 뮤직비디오 조회 수도 장난 아니에요; 해외 팬들이 정주행하는 것 같은데.

-헐. 팬들이 만든 세달백일 히스토리 영상에 댓글 엄청 달렸네요;

1집 앨범을 낼 때, 세달백일은 전통적인 아이돌 마켓의 프로모션을 따르지 않았다.

아니, 어떻게 보면 피한 수준이었다.

누가 뭐래도 세달백일의 1집 앨범을 이끌었던 건, 해외 거장들과의 협업이었다.

이미 압도적으로 성공한 이들의 명예와 성취를 빌려오는 건 좋은 마케팅이다.

쇼 비즈니스 업계는 그렇게 굴러가기도 하니까.

하지만 이 경우에 위험성이 전혀 없는 건 아니었다.

바로 '이미 성공한 이들'의 이미지가 주는 경직성이었다.

만약 어떤 회사의 광고를 유명 연예인이 했는데, 그 연예인이 마약 파문을 일으켰다면 어떻게 될까?

회사 제품에 마약 파문의 이미지가 묻는다.

이게 스타 마케팅의 리스크였다.

마찬가지로 세달백일의 〈The First Day〉는 해외의 케이팝 팬들의 알고리즘에는 어필될 수 없는 구조였다.

해외의 케이팝 팬들은 자국 음악과 다른 맛을 내는 한국의 케이팝 아이돌을 좋아하기 때문이었다.

그러니 메리 존슨, 얀코스 그린우드, 에릭 스캇 같은 알고리즘으로 묶인 세달백일의 곡이 배척되는 것도 당연한 일이었다.

그러나 이제는 다르다.

1집 앨범 〈The First Day〉는 배급부터 홍보까지를 세달백일이 책임졌지만, 2집 앨범 〈Stage〉는 회사의 서포트가 있었다.

SBI 엔터테인먼트.

한시온이 서승현 본부장을 필두로 기존 케이팝 산업의 현직자들을 스카우트해서 만든 회사.

그렇다면 과연 SBI 엔터테인먼트는 무슨 일을 했을까?

당연히 A&R은 아니었다.

어처구니없게도 세달백일이 소속된 SBI 엔터에는 A&R 팀이 없다.

소속 가수가 더 많아지면 모르겠지만, 당장의 세달백일에게는 뮤직 서포팅이 필요 없다.

심지어 프로모션도 아니다.

이들이 세달백일의 국내 홍보에 신경을 안 쓴 건 아니지만, 총력을 다하진 않았다.

SBI 엔터가 자체적으로 분석하기에 국내의 세달백일 팬들은 이미 충성도가 높다.

그리고 그 충성을 만들어 내는 건 이미지가 아니라 음악이다.

앨범을 발매한 세달백일.
세달백일이 발매한 앨범.

이 두 문장은 비슷한 것 같지만, 홍보팀 입장에서는 전혀 다른 문장이었다.

팬들이 기대하는 게 전자라면, 홍보팀은 많은 떡밥들을 준비해야 한다.

세달백일의 떡밥이 식으면 자연스럽게 앨범에 대한 관심도 쇠퇴되기 때문이었다.

하지만 팬들이 기대하는 바가 후자라면, 오히려 지나친

이미지 마케팅은 피해야 한다.

앨범이 오롯이 앨범으로 소비되는 것이 더 좋은 결과를 가져다줄 수 있기 때문이었다.

게다가 채널 엠쇼가 세달백일에게 베팅을 하면서 알아서 홍보를 도맡았기에, SBI 엔터가 신경 쓸 건 거의 없었다.

그렇다면 A&R도 없고, 프로모션도 안 한 SBI 엔터의 홍보팀이 한 일이 뭘까?

정답은 Spread 전략이었다.

전파 혹은 확산.

이 전략이 노리는 바는 명확했다.

어떤 식의 이미지로 어떻게 전달되는 것은 제쳐 두고, 일단 최대한 널리 퍼트리는 걸 목적으로 삼는다.

그리고 그 제1타깃은 해외의 케이팝 팬층이었다.

SBI 엔터의 홍보팀은 그동안 세달백일이 만든 모든 콘텐츠에 영어 자막을 달았고, 그게 해외의 케이팝 알고리즘에 포함될 수 있도록 노력했다.

물론 업로드 시점이 꽤 지난 콘텐츠들이 알고리즘의 은총을 받을 순 없다.

또한 뒤늦은 이슈를 만들어 내기도 쉽지 않다.

하지만 이들은 세달백일이 '새로운 앨범'을 발매할 때면 해외의 케이팝 팬들의 알고리즘이 반응하도록 노력했다.

이게 제대로 작동하는지는 앨범을 낼 때는 알 수가 없었다.

세달백일은 발매 몇 주 동안은 피지컬 앨범만 판매했으니까.

하지만 지금.

뮤직비디오가 순차적으로 공개되는 순간, SBI 엔터는 공을 들여 온 작업이 성공했다는 걸 알 수 있었다.

-So Cute!!! :)
-Please, Tell me this guys name!!
-EEON? HaHa.

물론, 이제부터 시작이긴 했다.

지금은 매니아 성향을 가진 해외의 케이팝 팬들에게 어필이 시작된 것이다.

SBI 엔터의 진짜 목표는 '케이팝에 거부감이 없는' 노멀한 성향의 해외 리스너들을 공략하는 것이니까.

그리고 그 선봉대에 설 것은 2집 앨범이 아니었다.

음악 천재 한시온도 아니고, 얼굴 천재 이이온도 아니다.

최재성이었다.

최재성의 유닛 앨범 〈Stage Side B〉는 한국보다 해외에서 더 잘 먹힐 사운드다.

아니나 다를까…….

-뭐야뭐야뭐야. 지금 Drop 뮤직비디오 난리 났는데??!
-엥? 왜?
-조회 수가 말도 안 되게 오르고 있어. 영어 댓글도 진짜 헉 할 만큼 달려;
-와, 나 보고 왔는데 장난 아닌데?
-이건 백퍼 해외 유저들에게 알고리즘 은총이 내려진 건데?
-갑자기?
-2집 앨범 뮤직비디오 공개되면서 알고리즘을 탔나?

SBI 엔터의 전략 방향을 모르는 이들이 당황할 정도로 최재성의 〈Drop〉이 떠오르기 시작한 것이었다.

애초에 한시온은 〈Drop〉이 해외에서 더 먹힐 곡이라는 걸 알고 있었다.

뮤직비디오나 춤의 방향성은 한국에 먹힐 느낌을 넣었지만, 사운드 자체는 북미를 저격했다.

그러다보니 한국에서는 슬슬 유행이 끝나 가던 〈Drop〉의 숏폼 영상까지 순식간에 미국으로 수출된 것이었다.

-(사진)(사진)(사진).
-야 ㅁㅊ 뭐냐ㅋㅋㅋ 해외에서 반응 장난 아닌데??

-익숙한 이 냄새... 강남스타일....
-아 맞지ㅋㅋㅋ 강남스타일도 이렇게 떴었는데ㅋㅋㅋ

최재성의 〈Drop〉의 소식이 일반 커뮤니티로 전해지는 것도 순식간이었다.
이쯤 되니, SBI 엔터도 대놓고 최재성의 〈Drop〉의 해외 수출을 지원하기 시작했고.
물론 티티 중에는 이런 방향성을 싫어하는 이들도 있었다.
특히 개인 팬 성향이 강한 이들이 더욱 그랬다.

-아 최ㅈㅅ 뭔데; 활동할 때는 쓸데도 없다가 뒤늦게 해외 버즈량 잡아먹네;
-회사도 감 다 뒤졌네. 지금 저걸 밀 때인가?

그들은 음지에서 이런 대화를 나눴지만, 의외로 논리적으로는 틀린 말도 아니었다.

정규 2집 앨범이 발매되었고, 뮤직비디오가 발매되었다.

한데 회사 차원에서 해외 쪽 채널에 멤버의 개인 곡을 우선해서 푸쉬한다?

말도 안 되는 행위었다.

자칫 잘못하면 팀 케미스트리를 망칠 수도 있는 일이었으니까.

하지만 이는 이미 세달백일이 계획한 부분이었으며, 설령 계획하지 않더라도 아무 문제가 없었을 것이었다.

세달백일의 목표는 2억 장을 파는 것이었으니까.

최재성이 먼저 유명해져서 세달백일의 알고리즘을 이끄는 건 환영할 만한 일이었다.

그렇게 뮤직비디오가 발매된 지 딱 며칠 만에 세달백일을 쳐다보는 업계의 시선이 바뀌었다.

원래도 잘나가는 놈들이었고, 피지컬 앨범 판매량만으로도 성공한 것이나 다름없었지만…….

'뭔가 다르다.'

'이번에 진짜 큰 거 올 수도 있겠는데.'

'우리 애들 컴백 미뤄야겠는데…….'

4개의 뮤직비디오가 순위를 경쟁하듯이 나란히 천만을 돌파해 버리고, 최재성의 〈Drop〉은 3천만을 돌파했다.

해외에서는 〈Drop〉의 하이라이트 안무를 따라하는 숏폼이 유행하기 시작했다.

한국에서 유행했던 것과 똑같이.

초동으로 정점을 찍은 줄 알았던 앨범 판매량이 3주차에 초동에 근접하기 시작했고, 일간 차트는 고장 난 것마냥 멈춰 있다.

거대한 해일, 혹은 재앙이 몰아치는 느낌이 들기 시작한 것이었다.

당연히……

-멀리 안 나간다. 믹스 웨이ㅋㅋㅋㅋㅋㅋㅋㅋㅋ
-세달백일 초동 이겼다고 믹스 웨이 팬덤이 난리치던 거ㅋㅋㅋㅋ 지금 생각해 보면 ㅈㄴ 웃김ㅋㅋ
-믹스 웨이 2주차 판매량 봤음?
-ㅇㅇㅇㅇㅇ 내 웃음벨ㅋㅋㅋ
-우울할 때 보면 좋음ㅋㅋㅋㅋ

세달백일과 경쟁 구도를 형성했던 믹스 웨이는 아주 민망해져 버렸고.

게다가 그 민망함의 정점을 찍는 일도 있었다.

-말 나온 김에 믹스다운 음방 클립이나 보고 와야지.
-아 레전드였지.

6일 전에 있었던 믹스다운 음방.

세달백일의 첫 번째 공식 앨범 활동이자, 믹스 웨이와 함께 출연하는 것으로 난리가 났었던 일정이었다.

당시에 믹스 웨이가 세달백일의 초동을 이겼다고 엄청나게 언플을 하던 시기기도 했고.

* * *

6일 전.

오랜 만에 사녹+공방에 티티가 엠쇼로 모여들었다.

모든 게 마음에 드는 세달백일이지만, 아쉬운 게 있다면 방송 활동을 많이 하지 않는다는 것이었다.

물론 그 대신 세달백일은 라이브 방송과 소통을 많이 하긴 했다.

공홈이 워낙 잘 되어 있기 때문인지, 심심하면 방송을 켜는 멤버(최재성, 온새미로)도 있었다.

하지만 그건 그거고, 이건 이거다.

"아, 공방 좀 많이 뛰어 주면 좋겠는데."

"그러니까."

심지어 2집 앨범은 음방 일정이 좀 이상하다.

내부적으로 어떤 일이 있는지는 모르겠지만, 엠쇼와 SBN을 제외하면 음악 방송 스케줄이 잡히지 않은 것이었다.

그러다 보니 첫 번째 음방인 믹스다운의 사녹 추첨 경쟁은 어마어마했었다.

그 경쟁을 뚫고 모여든 이들이기 때문에 다들 새벽부터 나왔음에도 얼굴엔 흥분과 기대감이 만발해 있었다.

티티 1기들 중에는 이제는 익숙한 이들도 있었기에, 삼삼오오 모여서 방금 전 업로드된 사진으로 무대 의상을 유추하기도 했다.

"에이, 아닐걸요?"

"맞다니까요. 이거 소매 재질이 딱 그렇지 않아요? 폴리잖아."

"어……. 그런가?"

사실 그래 봐야 아무 것도 알 수 없긴 했다.

세달백일은 의상 스포 방지를 위해서 몇 번이나 검수한 사진을 고심해서 올렸으니까.

하지만 티티에게 중요한 건 정답을 맞추는 게 아니라, 추측하는 행위의 즐거움이었다.

그렇게 새벽부터 설레는 시간을 보내는 티티의 얼굴에는 사라지지 않을 웃음꽃이 피어 있었다.

하지만 그 꽃이 순식간에 사라지는 순간도 있긴 했다.

바로, 믹스 웨이 팬덤과 마주칠 때였다.

"걔네죠?"

"맞네."

"뭐야. 쟤들이 왜 우리를 노려봐. 억울한 건 우린데."

사녹을 찾아오는 팬덤의 수는 사녹에 출연하는 그룹의 수와 비슷하다.

물론 아직 팬덤이 없는 비인기 그룹이 있긴 하지만, 그런 이들이 사녹을 찍는 경우는 흔치 않으니까.

그러니 팬덤들이 오다가다 스치는 건 별로 특별한 일이 아니었다.

심지어 팬덤의 집결 장소도 방송국 인근, 혹은 내부로 한정되어 있으니까.

그러나 세달백일의 팬덤과 믹스 웨이의 팬덤이 방송국에서 마주치는 건 특별한 일이었다.

세달백일의 팬덤인 티티의 입장에서는 믹스 웨이가 꼴 보기 싫을 수밖에 없다.

우선, 라이언 엔터 소속이다.

이성적으로는 라이언 엔터 소속이란 것만으로 싫어하는 게 우습다는 걸 안다.

하지만 어디 사람이 이성의 생물이던가.

감정적으로 괜히 묘하게 아니꼬운 눈으로 쳐다보게 된다.

세달백일을 그렇게 괴롭혀서 번 돈으로(실제로는 세달백일 때문에 막대한 손해를 봤지만) 서포팅하는 그룹이기 때문이었다.

게다가 이런 관점이 마냥 편견이라고 보기도 애매하다.

믹스 웨이는 초동 판매량이 홈런을 친 시점부터 계속해서 세달백일과 엮어서 언플을 하고 있었다.

그 언플을 누가 하겠는가?

라이언 엔터의 수장인 최대호.

물론 최대호가 믹스 웨이에게 언플을 할래 말래 물어보고 한 건 아닐 거다.

게다가 곰곰이 생각해 보면 믹스 웨이가 세달백일을 붙들고 늘어지는 것 자체가 체급의 증명이다.

체급이 큰 쪽이 작은 쪽을 붙들고 늘어지는 경우는 없다.

체급이 작은 쪽이 억지로 붙들고 늘어지는 거다.

버즈량에 세트로 묶여서 본인들의 체급을 키우기 위해서.

그러니 최대호가 선택한 마케팅은 역설적으로 '세달백일 〉 믹스 웨이'를 의미했다.

하지만 그 모든 걸 고려해도…….

'아니꼽단 말이지.'

믹스 웨이가 얄밉다.

티티들 중 좀 더 이성적인 이들은 믹스 웨이 자체에는 큰 악감정이 없지만, 믹스 웨이 팬덤을 콕 집어서 싫어하기도 했다.

믹스 웨이는 가만히 있는데, 믹스 웨이의 팬덤이 난리를 피우는 게 보이니까.

―ㅋㅋㅋㅋ팬싸 가지고 정신 승리하는 거 개웃김ㅋㅋㅋ
―어차피 머글 픽이라서 팬싸 잡아도 초동 오르지도 않았을 건데ㅋ

주어는 싹 사라진 글들이 올라오는 걸 보면 열이 뻗치니까.

여기에 그동안 세달백일 때문에 손해를 보거나, 망신을 샀던 타 그룹의 팬덤이 동조하는 걸 보면 분노가 치밀어 오르니까.

심지어 믹스 웨이 팬덤이 미는 '팬 사인회를 했어도 초동은 우리가 이겼다'는 말도 안 되는 소리였다.

세달백일의 2집 〈STAGE〉의 초동 판매량은 68만 장.

믹스 웨이 2집 〈Star way〉의 초동 판매량은 69만 장.

딱 1만 장 차이다.

그리고 현재 돌판에서 믹스 웨이의 팬덤이 68만 장을 돌파하기 위해 영혼을 끌어모은 걸 모르는 이들은 없었다.

심지어 관계자로 추정되는 이가 퍼트린 지라시에 의하면, 막판에 3만 장 정도가 뒤지고 있었는데 라이언 엔터에서 사재기를 했다고도 했다.

사재기 자체는 신빙성 있는 소리는 아니었지만, 한 가지 확실한 건 믹스 웨이가 진심으로 모든 역량을 동원했다는 것이었다.

그에 반해 세달백일은 음원도 안 내고, 팬 사인회도 안 잡고 낸 앨범이다.

물론 국내 홍보야 엠쇼에서 빵빵하게 해 줬지만, 그 때문에 공중파 음방에 출연 못하는 반대급부도 있었고.

여기서 세달백일이 팬 사인회를 했으면 어땠을까?

적어도 80만 장은 돌파했을 것이다.

아니, 애초에 〈STAGE〉와 함께 세트로 나온 Side A, B, C의 앨범을 다 합치면 초동이 100만이 넘는다.

이미 세달백일이 이긴 게임을 가지고, 수치 딱 하나만 가져와서 난리를 피우는 거다.

축구로 따지자면 연장전 이후 승부차기에서 졌는데, 점유율이 우리가 더 높았으니 우리가 이긴 거라는 정신 승리와 뭐가 다르단 말인가?

이쯤 되면 믹스 웨이의 팬덤에게 별 감정이 없는 티티가 존재할 수가 없었다.

게다가 어제 저녁에 믹스 웨이 멤버 중 한 명의 SNS에 희한한 글이 올라오기도 했다.

현대 설치 미술 퍼포먼스의 일부분을 발췌한 것인데,

무대 위에 무대를 세우고, 또 무대 위에 무대를 세우는 행위를 반복한 다음.

결국 너무 좁아서 아무도 그 무대 위에 설 수 없게 됐을 때, 와르르 무너트리는 것이었다.

원래도 그림이나 예술에 관심이 많은 멤버라서 처음엔 이슈가 되지 않았지만, 금방 코난들이 등판하기 시작했다.

====================
[믹스 웨이 멤버 천하 SNS의 의미심장한 게시글.JPG]

높이 쌓은 〈STAGE〉가 무너지는 장면… 나만 의미심장하냐.
====================

-오?
-헉ㅋㅋㅋㅋㅋㅋㅋ
-와 그런가? 그런가?
-ㄴㄴ근데 천하는 원래 미술 관련된 글 많이 올림
-아냐 근데 생각해 보면 이렇게 퍼포먼스를 발췌해서 올린 건 처음임
 -ㅇㅇㅇ 천하가 관심 있는 건 현대 미술이 아니었을 걸?
 -ㄹㅇ 각이다ㅋㅋㅋㅋㅋㅋ

-이쯤 되면 엠쇼가 천하한테 돈 주고 시킨 거 아니냐.

-엠쇼는 왜?

-둘이 대-격-돌하는 게 내일 믹스다운이잖아ㅋㅋㅋㅋㅋ

-아 그르네ㅋㅋㅋ ㅁㅊㅋㅋ

-두 팀 중에 무대 급 떨어지는 팀 나오면 조리돌림도 그런 조리돌림이 없을 듯.

-지나가던 일반인 질문 올립니다. 믹스 웨이가 누굽니까?

-우리 이제 헤어질까요? 남주네 그룹.

-아, 그 주연급 배우들로 가득한 아이돌 그룹?

-ㅇㅇㅇㅇㅇ 다들 그렇게 알고 있지ㅋㅋㅋㅋ 막상 믹스 웨이 이름은 잘 모름.

-믹스 웨이가 세달백일한테 무대로 시비 걸 정도로 잘하나요?

-놉.

-그럼 무슨 용기로...?

-자아비대.

-ㅋㅋㅋㅋㅋㅋㅈㄴ 단호한 거 보소.

이런 상황이다 보니, 믹스 웨이 자체에 대해서는 악감정을 품지 않으려 노력하던 티티도 이제는 거의 없었다.

물론 그렇다고 해서 티티도 가만히 맞고만 있진 않았다. 그들도 눈이 있고, 귀가 있고, 미래를 예측할 줄 안다.

=====================

[세달백일 VS 믹스 웨이. 초동보다 2, 3주 차가 더 흥미진진하지 않냐ㅋㅋㅋㅋ]

세달백일 초동68만
세달백일 2주 32만
VS
믹스웨이 초동69만.

인 상황임.
지금 세달백일이 1주 + 2주로 딱 100만 채웠고, 3주 차 판매 중.
믹스웨이는 초동 70만 가까이 찍고, 2주 차 판매 중.
세달백일이야 음원 발매도 늦게 했고, 애초에 앨범 힘이 잘 안 빠지는 게 정배라서 2주 차에 저 정도 할 것 같긴 했음.
이제 관전 포인트는 믹스 웨이가 2주 차에 얼마만큼 방어하는지일 듯.
믹스 웨이가 세달백일만큼 방어한다?

그래서 결국 한 달 판매량에서 우위에 섰다?

그럼 현재까지 케이팝 고트 앨범의 주인이 세달백일이 아니라 믹스 웨이가 되는 거임ㅋㅋㅋ

믹스 웨이는 ㅈㄴ 기회임.

멤버들이 배우 활동 잘해서 인지도는 쌓아 놨는데, 딱 결속시킬 뭔가가 부족했으니까.

팝콘 각이다ㅋㅋㅋ

=====================

어느 순간부터 이런 내용의 여론이 퍼져 나갔고, 일반 대중들도 그럴듯하다며 고개를 끄덕였다.

케이팝 문화에 빠삭한 이들은 초동이 얼마나 중요한지 알지만, 일반 대중들은 아니다.

그들은 심플하게 생각한다.

초동이고 2주 차고 그런 건 잘 모르겠고, 그냥 한 앨범이 최종적으로 얼마나 팔렸는지를 가장 중요하게 생각한다.

첫 주에 10만 장을 팔고 최종적으로 100만 장을 판 앨범보다, 첫 주차에 0장이 팔렸지만 최종적으로 200만장을 판 앨범이 더 위대한 게 아니겠는가?

게다가 이런 글들이 별 저항 없이 퍼져 나간 건, 대중들의 입장에서 세달백일이 탑독이고 믹스 웨이가 언더독

이기 때문이었다.

만약 세달백일 입장에서 초동 판매량이 진 게 얼마나 억울한지를 구구절절 설명하는 글이 퍼져 나간다?

혹은 세달백일은 팬 사인회를 잡지 않았고, 믹스 웨이는 세달백일 초동을 목표로 영혼을 모아서 이런 결과가 나왔다는 설명을 한다?

호응을 받기 힘들다.

복잡한 것도 있지만, 그보다는 세달백일의 입장에서 설명한 글이기 때문이었다.

대중들은 무의식적으로 '언더독'의 입장에서 상황을 바라보는 게 '공정'하다고 생각하니까.

그러니 흩뿌려지는 글에 묘하게 묻어 있는 믹스 웨이를 응원하는 듯한 뉘앙스가 절묘한 것이었다.

하지만 사실 이런 글을 올리는 건 중립 기어를 박은 이들도 아니었고, 믹스 웨이의 팬덤도 아니었다.

티티의 반격이었다.

앞서 말했듯이 그들도 눈이 있고 귀가 있기 때문에 믹스 웨이가 초동에 얼마나 무리했는지를 안다.

사재기가 진짜인지는 모르겠지만, 회사에서도 할 수 있는 거의 대부분을 시도한 걸로 안다.

그러니 2주 차, 3주 차를 물고 늘어지면 믹스 웨이는 초조해진다.

아니, 오히려 돌아가는 꼴을 보면 믹스 웨이는 제대로 메타인지가 안 된 모양이었다.

정말로 그들이 69만 장의 앨범을 순수하게 팔았다고 믿고 있는 느낌이었으니까.

아주 어렸을 적부터 연습생 생활을 하고, 바로 스타덤에 오른 이들이 종종 겪는 현상이다.

쇼 비즈니스의 쇼가 리얼리티라고 믿어 버리는 것.

그러니 오히려 초조한 건 믹스 웨이 쪽 팬덤이었다.

-2주에 얼마나 나올까?
-20만 장은 나오지 않을까?
-그 정도면 여론전에서 비벼 볼 만한데....
-그 이하면 어떡하지?
-팬싸를 많이 잡아야 하는데....
-근데 추가 팬싸 잡는 것도 좀 말이 나오던데. 초동 팬싸가 호구냐고....
-분위기상 너무 많이는 못 잡을 거 같은데ㅠㅠ

상황이 이러다 보니 믹스 웨이의 팬덤에서 낸 묘수는 결국 음방이었다.

M-믹스다운의 음방에서 누가 더 잘할지를 가지고 물타기를 시도한 것이었다.

엠쇼에서 1위를 못할 건 예정되어 있는 일이긴 하다.

엠쇼가 세달백일과 손잡은 건 너무나 명백한 일이고, 믹스 다운의 음방 점수에는 방송 활동 점수의 비율이 적은 편에 속하니까.

게다가 막말로 〈셀프 메이드〉를 방송 활동 점수로 치환할 수도 있다.

셀프 메이드는 본방은 끝났지만 여전히 재방이 굳건히 돌아가며, 재방 시청률이 국밥처럼 나오는 중이었다.

그러니 믹스 웨이는 결국 무대의 퀄리티를 가지고 화제 물타기를 할 수밖에 없었는데…….

아무리 콩깍지가 씌워져 있는 팬덤이라지만 믹스 웨이가 세달백일보다 음악을 더 잘하길 기대할 수는 없다.

그들이 원하는 건 믹스 웨이도 잘하는 것이었다.

비교를 할 때 세달백일도 잘하지만, 믹스 웨이도 잘하네라는 반응이 나오도록.

최대호가 이래저래 욕을 먹고 있지만, 그래도 케이팝 산업의 대표 주자다.

하드 트레이닝을 시키기로 유명하고, 얼굴만 보고 뽑는 경우도 없다.

그러니 적어도 비빌 수는 있다.

일반 대중들이 얼핏 보기에는 두 팀이 비슷비슷한 정도로.

라는 게 믹스 웨이 팬덤의 바람이자, 예측이었고…….
"지랄하고 자빠졌네."
……라는 게 티티의 반응이었다.
이런 복잡한 스토리가 얽혀 있는 두 팬덤이 사녹 대기를 위해 이동하는 중 스쳐 지나갔다.
"아, 진짜 방송국 놈들."
"이 동선을 이렇게 짜냐?"
두 팬덤을 통솔하던 엔터테인먼트의 스태프들은 기겁을 하며 방송국을 욕했고.
그래도 다행히 별다른 일은 없었다.
그렇게 얼마의 시간이 흘러 사녹이 끝났다.

==========
오늘 사녹 역대급! 시간을 여행한다면 난 무조건 세달하고 백일이야ㅠㅠㅠㅠ
==========

==========
우리 믹둥이들 최고야ㅠㅠㅠㅠㅠ 개인 활동하느라 바쁜 와중에도 어떻게 이런 퀄리티를….!(오열)
==========

SNS에서는 소리 없는 여론 전쟁이 벌어졌고, 대중들이 관심을 가질 때쯤.

M-Mixdown의 본방 시간이 다가왔다.

* * *

엠쇼는 음악 전문 케이블 채널로 시작해서, 나름 확고한 입지를 굳힌 사업체다.

이런 엠쇼에게 붙는 꼬리표는 '후발주자'와 '과감함'.

후발주자로 케이블 사업에 뛰어들었기 때문인지 늘 과감한 시도를 했고, 그게 운좋게 많이 맞아떨어졌다.

특히 라이언 엔터와 친하게 지냈는데, 이는 최대호 대표가 여타 엔터테인먼트 대표들보다 훨씬 마케팅에 깨어 있기 때문이었다.

보통 회사의 대표들은 사업체 규모가 일정 이상으로 커지면 '그 나물에 그 밥'을 먹는 경향이 있는데, 최대호는 달랐다.

공격적인 성향을 가지고 있었고, 그게 엠쇼랑 잘 맞았다.

그래서 엠쇼와 라이언 엔터는 꽤 가까운 사이였고, 일반 직원들은 모르겠지만 메인스트림끼리는 뒷거래도 많았다.

커밍업 넥스트 역시 거기서 출발한 프로그램.

테이크씬을 띄워 주는 대신 수익을 쉐어한다는 조건이 걸렸으니까.

하지만 여기서부터 사이가 틀어지기 시작했다.

자질구레한 이유를 붙이려면 한도 끝도 없지만, 중요한 건 이거였다.

테이크씬이 세달백일에게 졌다.

물론 프로그램 내에서 우승자는 테이크씬이었다.

하지만 우승자란 타이틀을 제외하면 테이크씬은 모조리 세달백일에게 패배했다.

커밍업 넥스트 종영 이후 낸 싱글?

당연히 밀렸다.

세달백일이 테이크씬 종영 이후 처음 낸 싱글이 〈RESUME〉였으니까.

〈RESUME〉는 세달백일의 독립일기라는 자컨을 관통하는 주제가였으며, NOP와 드롭 아웃을 짓누른 핫 싱글이었다.

그뿐인가?

이 덕분에 세달백일이 점차 메인스트림으로 발을 들이밀기 시작했다.

NOP의 〈I'm not your man〉과 드롭 아웃의 〈Selfish〉

의 작곡가가 한시온이라는 것도 〈RESUME〉 덕분에 알려졌다.

사실 관계를 따지자면 나락 탐지기 때문이지만, 그게 대중적으로 퍼져나간 건 〈RESUME〉 때문이긴 하다.

레주메가 너무 큰 인기를 얻었으니까.

그걸 발판으로 컬러 쇼에 출연했고, 대망의 1집 앨범 〈The First Day〉를 발매한 거고.

이러한 세달백일의 역사 앞뒤에 많은 쇼 비즈니스 업체들이 관련되어 있었지만, 가장 깊게 관련된 건 누가 뭐래도 엠쇼와 라이언 엔터였다.

일단 엠쇼는 어이가 없는 수순이었다.

테이크씬에게 거하게 베팅을 했더니, 듣도 보도 못한 참가자들에게 개 발린 탓이니까.

문제는 한시온이 너무 영리하다는 것이었다.

보통 한 분야에 거대한 재능을 가지고 있으면 현실 감각이 떨어지기 마련인데, 한시온은 그렇지 않다.

그는 쇼 비즈니스 업계의 그 어떤 사업가보다 노련하며, 판세를 잘 읽었다.

당연히 라이언 엔터가 나락으로 떨어질 때마다 '라이언 엔터와의 이면 계약'을 체결한 엠쇼의 메인스트림 직원들도 민망해질 수밖에 없었다.

그리고 마침내 한시온이 라이언 엔터를 두들겨 패고 독

립했을 때, 엠쇼에서도 완벽한 체질 전환이 이루어졌다.

엠쇼와의 친분을 유지하던 사장단이 물러나고, 새로운 반란군이 메인스트림을 부여잡은 것이었다.

하지만 반란군에게는 언제나 실적이 필요하다.

'우리가 비록 반란을 일으키긴 했지만, 경영은 더 잘해요~'라는 지표가 필요하다.

그리고 엠쇼는 이걸 세달백일에게 걸어 보기로 했다.

여전히 세달백일과 친분을 유지한 강석우 피디를 전면에 내세운 셀프 메이드를 론칭했고, 대박을 쳤다.

아니, 초대박을 쳤다.

시청률 자체는 더 자극적인 포맷이었던 커밍업 넥스트를 이기지 못했다.

커밍업 넥스트는 마지막 화에 무려 19%의 시청률을 기록했으니까.

그에 반해 셀프 메이드의 시청률은 16%였다.

그러나 내부적으로는 셀프 메이드가 더 고평가를 받았다.

제작비도 더 적었고(한시온이 애플의 계약을 따는 바람에 막대한 지출이 있었지만), 더 정적이다.

동적인 예능이 히트를 치는 것보다, 정적인 예능이 히트를 치는 게 더 어렵다.

동적인 예능이 히트를 치는 건 스케일의 문제지만, 정적인 예능이 히트를 치는 건 실력의 문제이기 때문이었다.

이쯤해서 테이크씬은 해외로 출국해 일본 활동을 시작했다.

한국에서는 도저히 세달백일과 관련된 이슈의 등쌀을 견딜 수가 없기 때문이었다.

사실 라이언 엔터 내부에서는 테이크씬이 불쌍하다는 말이 많았다.

페이드처럼 인성이 쓰레기인 멤버가 있긴 하지만, 나머지 멤버들은 대체로 착하다.

특히 라이언 엔터 역사상 최고의 메보로 평가받는 주연이나, 랩 하나는 탈 아이돌 래퍼라고 평가받는 레디가 너무 아깝다.

이대로 세달백일이라는 파도, 아니 해일에 스러지기에는 아쉬운 재목이라는 평가 때문이었다.

막말로 페이드도 인성은 별로지만, 실력적으로는 케이팝 아이돌의 평균을 훌쩍 상회했으니까.

그러다 보니까 일본에 도전하는 게 이상한 일은 아니었는데, 이게 엠쇼와의 이면 계약에 문제를 발생시켰다.

애초에 엠쇼는 테이크씬의 수익을 쉐어받기로 약속했지만, 그건 국내 수익에 한정된 것이었다.

보통 아이돌 가수가 해외 수익을 발생시킬 때쯤이 되면, 그건 스타덤에 오른 거다.

그래서 과거에는 중소형 엔터테인먼트들이 아이돌 멤버와 계약할 때, 국내는 3 : 7이고, 해외는 7 : 3로 책정하기도 했다.

국내에서는 별로 돈을 벌 수 없으니, 해외에서 콘서트를 할 수 있는 스타가 될 때까지 정진하라는 뜻으로.

즉, 라이언 엔터와 엠쇼의 수익 쉐어 계약이 국내로 한정된 건 당연하다는 것이었다.

해외로 나갈 때쯤이 되면 연차도 쌓이고 재계약 시점도 다가올 거니까, 이런 이면 예약이 유지되어서도 안 되고.

하지만 세달백일 때문에 발생한 문제로 인해 엠쇼는 이면 계약에서 막대한 손실을 봐야만 했다.

그리고 이게 최대호의 뜻이라는 추측이 가능했다.

최대호는 세달백일을 완전히 짓밟을 기회가 있었지만, 그게 실패한 게 강석우 피디 때문이라는 생각을 하고 있었다.

완전히 틀린 말도 아니긴 했다.

강석우 피디가 이해할 수 없을 정도로(사실은 한시온과의 거래 때문에) 세달백일을 푸쉬해 주던 순간도 있었으니까.

그러니 엠쇼에서는 최대호가 테이크씬을 해외로 보낸 게, 엠쇼와 척을 지는 최대호의 복수라는 생각을 할 수도 있었다.

그쯤해서 엠쇼는 〈Stage〉에 베팅을 했고, 베팅은 멋지게 성공했다.

이제 세달백일과 엠쇼는 완전히 한배를 탔다.

그 연결고리인 강석우 피디는 엠쇼에서 무시받을 수 없는 거물이 되었다.

그렇기 때문에 믹스 웨이는 본래 엠쇼의 음악 방송인 믹스 다운에 출연할 수가 없었다.

세달백일이 공중파에 출연할 수 없는 것과 마찬가지의 논리로.

"합의점을 찾아 봅시다. 솔직한 이야기를 좀 해 주시죠."
"솔직한 심정입니다."
"라이언 엔터를 보이콧하면 출연하겠다는 게 솔직한 심정이라고요? 그럼 엠쇼에서는 해 줍니까?"
"네. 해 줍니다."
"해 준다고요?"
"네. 해 주기로 했으니까요."
"……금방 들통날 거짓말을 아니죠?"
"아닙니다. 알아보시죠."

즉, 한시온이 MBN에서 한 이야기는 영 거짓말이 아니었다.

실제로 엠쇼에서는 라이언 엔터를 보이콧하기로 약속이 되어 있었으니까.

그러나 한시온의 재요청으로 인해서 믹스 웨이가 출연하게 되었다.

믹스 웨이가 세달백일의 초동을 붙잡고 늘어지는 순간, 이 싸움은 피해서는 안 된다는 확신이 들었으니까.

그 대신 세달백일은 엠쇼에게 무리한 요구를 건넸다.

"1위 후보의 두 무대를 붙여 달라고요?"

"네."

"왜요?"

"재미있지 않을까요? 사람들이 궁금해도 할 거고."

"하지만 상황이……."

"보이콧도 염두에 두었던 상황도 있었는데, 이 정도면 애교 아닐까요?"

결과적으로 한시온의 요구는 통과되었다.

즉, 이번 엠쇼의 음방 M-믹스다운에서는 1위 후보인 두 팀이 나란히 무대를 한다.

대외적인 이유는 세달백일의 스케줄 때문이고(물론 말도 안 되는 이유긴 하다), 라이언 엔터에게는 마지막의 마지막에 통보가 갔다.

라이언 엔터가 구멍가게도 아니고, 이쯤 되면 엠쇼 음방을 보이콧할 수도 있는 사안이다.

하지만 그럴 수가 없다.

지금 세달백일 VS 믹스 웨이의 싸움을 관전하려고 대기하는 이들이 수만 명이다.

여기서 갑자기 믹스 웨이가 음방을 포기한다면?

도망친 걸로밖에 보이지 않는다.

그러니 라이언 엔터 입장에서도 울며 겨자 먹기로 고개를 끄덕일 수밖에 없었다.

-아니, 아무리 그래도 웃으며 악수를 나누던 때가 있었는데 너무한 거 아닙니까?

"아이, 대표님. 무대 좀 나란히 세우면 나라가 무너지는 것도 아닌데 왜 그러십니까?"

-지금 그걸 말이라고…….

"보복성 조치도 맞긴 하죠. 그 테이크씬, 일본 활동 시작했잖아요."

-…….

"저도 어쩔 수가 없었다니까요. 위에서 난리를 피우는데 어쩌겠어요? 음방 CP 나부랭이가."

-그 이상 장난질도 있는 건 아니죠?

"아닙니다. 제 목을 걸고 아닙니다. 이왕 이렇게 된 거 믹스 웨이가 한 번 시원하게 잘하면 되죠."

당일에 최대호 대표가 거세게 항의를 했지만, 바뀌는 것은 없었고.

이 모든 상황을 알고 있는 한시온의 한마디는 통렬했다.

"병신."

최대호는 상황을 잘못 읽었다.

설령 믹스 웨이의 초동이 세달백일의 초동을 뛰어넘었더라도, 이런 식으로 판을 짜면 안 됐다.

대중들의 관심은 그 어떤 기획자도 손쉽게 컨트롤할 수 있는 게 아니었으니까.

이제 남은 건 활동을 이어 가면서 세달백일이 웃음거리가 되는지, 믹스 웨이가 웃음거리가 되는지에 대한 것이었다.

그리고…….

한시온은 늘 이런 구도를 좋아했다.

그가 미국에서 활동하면서 갈등을 빚은 가수가 얼마나 많았는지는 아무도 모를 거니까.

문제가 있다면, 한시온의 감정 상태였다.

"무대 구성을 좀 추가해 보면 어때요?"

그러면 안 됐는데, 한시온은 세달백일을 시험했다.

그들의 향상심과 열정이 떨어지는 것에 대한 강박 관념

과 두려움이 너무 커서.
 그리고, 세달백일은 한시온의 시험을 통과하지 못했다.

"그건 좀 그렇지 않을까? 이틀밖에 안 남았는데."
"맞아. 그러다가 실수하면 어떡해."
"이번에 우리가 음방 보고 있는 사람이 엄청 많잖아. 안정적으로 잘해야지."

 거절했으니까.
 그게 계속 회귀자의 마음 한편에 걸려 있는 상황에, 방송이 시작되었다.

* * *

[불판 깐다. 믹달대첩. 여기로 모여라.]
-믹달대첩 ㅇㅈㄹ
-ㅋㅋㅋ뉘앙스 ㅈㄴ 구리네ㅋㅋ
-세달백일이 앞으로 가야 하는 거 아님? 세믹대첩?
-더 구리네.
-믹달대첩으로 가자.

 M-Mixdown의 방송이 시작되는 순간, 검색량과 SNS

버즈량이 말도 안 되는 그래프로 껑충 뛰어올랐다.

아무도 모르는 일이겠지만, 시간이 좀 지나면 실시간 검색어나 시청자 게시판이 희미해지기 시작한다.

연예인들에게 원색적으로 비난을 가하는 공간을 최소화하는 자정 작용이 일어나는 것이다.

하지만 2018년인 아직은 아니었고, 프로그램에 따라서 말을 보태고 빼는 이들이 우르르 활동하기 좋은 시대였다.

-ㅋㅋ걍 세달백일이 개바르지 않을까?
-근데 뭐 음방에서 개바르고 말고가 있나?
-있지. 세달백일이니까.
-티발새끼들 ㅈㄴ 많네ㅋㅋㅋㅋ 그래 봐야 초동은 믹둥이가 이겼는데.
-삐빅. 티발, 믹둥이. 딱 봐도 티티가 진영 바꿔서 영업하는 글입니다.
-혐오 스피치로 응원을 조장한다? 캬, 이거 완전 60년대 쁘락치 아니냐?
-온라인 스파이 양성소. 이게 바로 K돌판이다!

그렇게 시작된 음방은 꽤 흥미로웠다.

-아니 연초에 이렇게 많은 가수가 컴백했었나?

-나도 음방 개오랜만에 보는데 반가운 얼굴들 많네ㅋㅋㅋ

-근데 왜 활동 소식을 몰랐지?

-미친 세달백일이 유닛 앨범으로 결계 쳐 놨잖아ㅋㅋㅋ 체급 안 되면 바로 나가리였음.

-ㅇㅈㅋㅋ

음방이 중반쯤으로 접어들었을 때, 드디어 1위 후보가 떠올랐다.

모두가 예상했던 대로였다.

세달백일과 믹스 웨이.

더 구체적으로 말하자면, 뮤직비디오를 최초 공개했던 세달백일의 〈Winter Cream〉과 믹스 웨이의 타이틀 곡인 〈STAR WAY〉였다.

세달백일의 지난 1집 앨범에서 음원 성적이 가장 좋았던 곡은 섬머 크림이었다.

물론 음원 성적만 그런 거고, 세세한 지표를 따져 보자면 섬머 크림보다 수치가 좋은 곡들이 많긴 했다.

컬러 쇼를 등에 업었던 컬러풀 스트러글과 그걸 리믹스한 케이팝 스트러글.

자컨에 선공개가 됐고, NOP와 드롭 아웃의 버즈량이 얽힌 레주메.

최초 뮤직비디오를 공개한 스테이트 오브 마인드, 타이틀 곡이었던 핀 포인트.

 모든 수치를 다 따져 보자면 이런 곡들이 섬머 크림보다 당연히 지표가 좋았다.

 하지만 반대로 생각해 보자면, 오히려 그렇기 때문에 섬머 크림이 얼마나 대단한 곡인지를 알 수 있었다.

 컬러 쇼를 통해서 세상에 알려진 곡과 마케팅조차 없었던 앨범의 하위 트랙이 비교가 되는 것이니까.

 그렇기 때문에 티티 중에는 섬머 크림으로 별다른 활동을 하지 않은 걸 강하게 아쉬워하는 이들이 많았다.

 이후에 시작된 대학교 축제나 행사들을 돌면서는 꼭 라이브 무대를 가져 줬지만, 일단 방송 활동은 없었으니까.

 그런 의미에서 서머 크림과 연결된 바이브를 갖는 윈터 크림이 뮤직비디오 선공개 곡이며, 활동 곡이라는 것에 만족하는 이들이 많았다.

 그들은 윈터 크림이 1위 후보에 선정된 걸 알고 있기도 했고.

 하지만 이건 지극히 티티의 관점이었고, 일반 대중들은 아니었다.

 특히 이번 세달백일과 믹스 웨이의 음방에 유입된 이들이 더욱 그랬다.

-아니 뭐야. 윈터 크림이 1위 후보야?

-ㅇㅇㅇ저거 음원 성적 미친 수준임. 저번에 어떤 블로거가 올린 거 봤는데, 역대 아이돌 노래가 기록한 지표 중 최고라던데?

-그거야 해가 지날수록 케이팝 시장이 커져서 그런 거 아닌가?

-ㅇㅇ 글킨 한데. 그래도 쩐다 이거지.

-아니 좀 당황스럽네ㅋㅋㅋ 나는 타이틀 곡 듣고 싶었는데.

-그것도 하긴 할 듯. 사녹곡이 STAGE라는 말이 있던데.

-뭔가 혼란스러운데ㅋㅋㅋ

-세달백일 활동이 좀 이상하긴 하지. 지들 맘대로 함. 회사도 지들 거라서.

-근데 난 그래서 세달백일이 좋더라ㅋㅋㅋ

-근데 앨범 푸쉬 트랙 정했다가 대중 반응에 따라 바꾸는 게 그렇게 이상한 일인가?

-근데 그건 몇 주 간본 다음에 하는 일이지, 이렇게는 아님ㅋㅋㅋ 이럴 거면 윈터 크림을 상위 트랙으로 올렸어야하지 않나?

-풀렝스 앨범의 유기성 때문이지 뭐. 윈터 크림이 상위 트랙으로 가면 앨범 풀로 돌릴 때 이상할걸?

-ㅇㅇ낭만 있다고 본다. 자기들 앨범을 작품 취급하는 거잖아.
-작품 맞지 뭐. 이 정도면 현대 예술임ㅋㅋㅋ 유닛 앨범 3개 합치면 정규 앨범 나오는 퍼포먼스랄까?
-현대 예술은 믹스 웨이 전하가 좋아하는 거고.
-전하ㅋㅋㅋㅋㅋㅋㅋㅋ 천하겠지
-아 맞다.

물론 그렇다고 싫어하는 것까진 아니었다.
이런 반응들이 수면 아래에서 이어지는 사이에, 드디어 세달백일의 등장이 방송에 예고되었다.
하지만 세달백일이란 팀이 등장한 건 아니었다.

[NEXT : 복면강도]

바로, 구태환과 이이온의 유닛이었던 복면강도였다.

-??????????
-엥??
-유닛도 나와?
-ㅋㅋㅋㅋㅋㅋㅋ근데 음원 성적 보면 그럴만함ㅋㅋㅋㅋ
-야 설마 온앤온이랑 최재성도 나오냐.

-지금 이 시점에 가장 빡센 건 최재성이다ㅋㅋㅋㅋㅋ
DROP 지금 해외에서 인기 장난 아니임.
-ㅇㅇ 조만간 두유노 클럽 가입하겠던디.

이어진 무대에서 복면강도는 버스킹에서 하던 그대로의 무대를 선보였다.

복면을 뒤집어쓴 두 남자가 노래를 부르는데, 감미로움과 과격함이 공존한다.

귀로는 아주 감미로운 노래가 들리는데, 제스처는 갱스터 랩마냥 과격하다.

심지어 어디선가 머니 건을 들고 와서 두두두두 쏘기도 했다.

그러면서도 중간중간에는 버스킹에서 볼 수 없었던 2인 안무도 존재했다.

-ㅋㅋㅋㅋ구태환이랑 이이온 춤 잘 추네?
-한시온 가스라이팅 사라지면 세달백일 애들이 미쳐 날뛴다니까.
-ㅇㅇㅇㅇ이렇게만 보면 ㄹㅇ 세달백일이 테이크씬 뚜까패고 우승한 게 당연하게 여겨지긴 함.
-멤버 한 명 한 명이 개빡셈.
-한시온이 멤버들 가스라이팅해요?

―ㄴㄴ 그 소리가 아니라 한시온이랑 같이 있으면 애들이 평범해 보인다는 거임. 태양 옆의 달 같은 거지.
―그래서 네달백일ㄷㄷ

 직후에 오랜 만에 컴백한 걸그룹이 한 팀 나오고, 곧장 온앤온이 등장했다.
 한시온과 온새미로로 이루어진 이 팀은 리얼 사운드라는 컨셉을 잊지 않았다.
 한시온이 기타를 치고, 온새미로가 젬베를 쳤다.
 젬베는 제대로 다루기 쉬운 악기는 아니지만, 퍼커션(손으로 두드리는 타악기) 중에서는 그래도 난이도가 낮은 편이다.
 특히 한두 곡 정도만 마스터 하는 건 그리 어렵지 않기도 했다.
 사실 돌이켜보면 세달백일의 유닛 앨범 중 〈STAGE SIDE C〉는 안 좋은 타이밍에 발매된 앨범이었다.
 셀프 메이드의 방송과 함께 〈Side A〉와 〈Side B〉가 발매되면서 인기를 몰았고, 셀프 메이드의 대미와 함께 〈Side C〉가 발매되었다.
 하지만 〈Side C〉의 발매 직후 TV 광고에서는 3개의 유닛 앨범을 합쳐서 발매되는 〈STAGE〉의 광고가 시작되었다.

즉, 온앤온의 유닛 앨범인 〈Side C〉는 셀프 메이드의 후광 효과를 보지도 못했고, 버즈량을 독식하지도 못했다.

〈Side C〉의 발매와 동시에 정규 2집 앨범의 발매가 예정 되었으니 말이다.

누군가는 이것을 두고 리더의 품격(제일 안 좋은 자리를 자처했으니)이라고 하기도 했고, 괜히 온새미로만 억울하게 됐다는 이야기를 하기도 했다.

그럼에도 불구하고 〈Side C〉는 꾸준하고 성실히 팔려 나갔다.

곡의 파괴력 자체는 최재성의 〈DROP〉이 최고였지만, 유닛 앨범의 판매량만으로 따지면 아니었다.

〈Side C〉가 압도적이다.

그 이유는 별거 없었다.

슬슬 음색의 튜닝이 안정화되어 가는 한시온의 실력과 리얼 악기 사운드만을 사용한 본연의 느낌 때문이었다.

널 위해 적은 소리가
남아 있다면
그 소리가 너에게 닿으면
얼마나 좋을까

지금 온앤온이 음방에서 부르는 노래 〈막이 내리면〉은 그중에서도 가장 사랑받은 곡이었고.

그렇게 온앤온의 무대까지 끝나자, 두 가지 반응이 주류를 이뤘다.

-아쉽다; 이왕 유닛으로 음방 하는 거 몇 곡 더 들려주지... 딱 한 곡 하고 끝이네.
-솔직히 난 정규 2집보다 Side C가 더 취향이었음. 온앤온으로 앨범 좀 더 내주면 좋겠다ㅠㅠ
-생각해 보니까 애들은 유닛으로는 음방 활동을 아예 안 했었네?
-ㅇㅇㅇ라이브를 몇 번 하긴 했음. 세달백일 공홈 스트리밍으로.
-아 ㄹㅇ? 유튜브에 있나?
-ㅇㅇ 찾아보면 있음.

이게 긍정적인 반응이었다면.

-엠쇼랑 세달백일 유착 관계 역겹네.
-대체 몇 분을 세달백일 한 팀에 할애하는 거임?
-ㅈㄴ 어이없다니까. 최대호랑 반대 포지션에서 온갖 예술가인 척은 다 하더니, 결국 엠쇼에 돈 주고 사업하잖아.

-예술 호소 그룹이긴 함.

부정적인 반응은 이러했다.

그러나 이런 반응이 있어도 엠쇼 입장에서는 별로 꿀릴 게 없었다.

당장 음원 사이트에 들어가서 월간 순위를 보면 납득이 된다.

지금 부른 유닛의 곡들은 전부 월간 순위 톱 10 안의 곡들이다.

그런 곡들이 음방 활동을 한 번도 안 했었는데, 출연시키는 게 그렇게 이상한 일인가?

이상한 건 이런 곡들을 무차별적으로 가요계에 뿌린 세달백일이지.

뿐만 아니라, 그렇기 때문에 세달백일의 2집 컴백 무대에는 2곡밖에 배정되지 않았다.

그러니 엠쇼 입장에서도 명분을 쥐고 있다는 것이었다.

물론 세달백일을 공격하는 이들이 진짜로 엠쇼-SBI엔터의 유착 관계를 공격하는 건 아니긴 했다.

그냥 누가 봐도 주인공이 세달백일이라서 아니꼬워하는 중이었지.

하지만 그 모든 이들조차도 이 곡이 음방에 출연하는

건 부정할 수가 없었다.

[NEXT : 최재성]

바로 〈DROP〉이었다.
여기서 또다시 세달백일의 안티들이 뒤집어지는 모습이 방송을 탔다.
〈DROP〉은 EDM DANCE 장르의 곡이다.
물론 춤을 위한 리듬이 주인공이라서 무한 루프가 반복되는 흔한 클럽 튠은 아니다.
한시온은 그런 곡을 만들지 않으니까.
오히려 흥을 내기 위해서 뉴 잭 스윙을 가미한 화려한 신스 팝에 가까웠다.
일반 대중이 〈DROP〉에 대해 가지고 있는 이미지는 후렴에 신나게 춤을 추는 곡이지만, 벌스에 가사도 빼곡하다.
그러다보니 후렴에서는 최재성의 단독 군무가 유행처럼 번졌지만, 막상 벌스에서는 꽤 많은 무대 장치들이 필요하다.
그 중 하나가 백댄서였는데…….
그 백댄서를 세달백일의 다른 멤버들이 하고 있었다.

-????
-이거 혹시 서열 1위 막내의 위엄이냐
-형들을 백댄서로 부려 먹네ㅋㅋ
-??? : 거기 한 씨. 백댄서가 주인공처럼 관절 한 번 더 꺾는 거예요?
-ㅋㅋㅋㅋㅋㅋㅋㅋㅋ
-얘네는 진짜 친하네ㅋㅋㅋ 회사에서 시킨 것도 아닐 텐데.
-왜? 시켰을 수도 있지.
-회사가 지들 거인데, 뭔 소리여.

심지어 단순한 백댄서로 끝나는 것도 아니었다.
AR을 최대한 적게 깔고 라이브로 소화를 하는 세달백일의 스타일상, 더블링이나 백업 사운드가 필요한 경우들이 있었는데, 그걸 백댄서들이 돌아가면서 했다.

-이게 백댄서야 백보컬이야.
-ㅋㅋㅋㅋㅋㅋㅋㅋ
-ㅈㄴ 재밌다ㅋㅋㅋ 이런 거 많이 해 주면 좋겠다.
-그니까ㅋㅋ 다른 그룹들도 멤버가 솔로로 활동할 때 이러면 진짜 재밌을 듯.
-근데 타 그룹은 스케줄이 ㅈㄴ 빼곡해서 이런 건 세

달백일밖에 못함ㅋㅋㅋㅋ

-ㅇㅈ 세달백일은 방송 출연을 잘 안 하잖아ㅋㅋ 라디오는 은근히 꽤 많이 나가는 것 같던데, 예능에 진짜 안 나오더라.

-애들은 돈을 뭘로 버냐?

-유닛 앨범 3개 합치면 100만 장 넘음ㅋㅋㅋㅋㅋ 정규 2집만 해도 100만 장 넘고ㅋㅋㅋㅋ

-바로 납득.

사실 이런 행위는 세달백일이 팬들을 즐겁게만 해 주기 위한 장치가 아니었다.

최재성의 〈DROP〉에는 분명한 약점이 있다.

모든 사람들이 후렴의 강렬하다 못해 도파민이 터져 나가는 파트의 이미지를 가지고 있는데, 막상 본 벌스의 무대가 좀 심심하다?

내가 생각했던 것보다 리드미컬하지 않고, 빼곡한 가사로 흘러간다?

곡에 대한 저평가가 벌어질 수도 있었다.

후렴 원툴이라든지, 최재성의 라이브 실력에 대해서.

그러나 이건 후렴이 숏폼의 유행을 통해 강한 인상을 남겼기 때문이지, 실제로 곡 밸런스가 무너진 건 아니었다.

그래서 한시온은 세달백일 멤버들이 백업 댄서를 봐주면서 벌스에 새로운 재미를 준 것이었다.
덕분에…….

-나 솔직히 이거 후렴만 ㅈㄴ 많이 들어 봤지, 벌스는 처음 들어 봄.
-ㅋㅋㅋ그니까 벌스 생각보다 가사 빼곡하다? 클럽 튠 느낌이랑 살짝 거리가 있네?
-ㅇㅇㅇ근데 이것도 재밌다.

사람들의 반응은 나쁘지 않았고, 곡이 전개되다가 마침내 후렴이 터져 나왔을 때.

-캬ㅑㅑㅑㅑㅑ
-미쳤따리
-개신나ㅋㅋㅋㅋ

사람들이 순수하게 즐길 수 있었다.
특히 최재성이 후렴에서 정방향으로 춤을 추는데…….

[DROP-!]

세달백일 멤버들은 역방향으로 추는 게 쾌감이 장난이 아니었다.

착착 맞물려서 돌아가는 무대의 톱니바퀴가 정교하다 못해 완벽한 느낌을 준다.

-이거 직캠 ㅈㄴ 퍼지겠다.
-백댄서 직캠ㅋㅋㅋㅋㅋㅋ
-눈을 어디다 둬야 할지 몰라서 잠깐 커뮤니티에 두기로 했어.
-ㅋㅋㅋㅋㅋㅋㅋㅋㅋㅋㅁㅊ

그렇게 세달백일의 모든 유닛 무대가 끝이 나고, 두 명의 원로 가수들이 무대를 채웠을 때.

드디어 다음 차례가 예고되었다.

[NEXT : 세달백일]

완전체의 등장이었다.

-오 드디어ㅋㅋㅋㅋㅋ
-ㅈㄴ 뒤에 나오네. 난 세달백일 말고는 관심 없는데.
-1위 후보잖아.

-그래도 중간에 나온 유닛 무대 덕분에 좀 덜 지루했음.

 대중들은 드디어 세달백일의 차례라는 사실에 마냥 즐거워했지만, 아이돌판의 고인물들은 아니었다.
 그들의 상식선에서 몇 가지 이상한 점이 느껴졌기 때문이었다.

-무대 배치가 왜 이래?
-그러니까. 곧 끝나겠는데?
-설마 세달백일이랑 믹스 웨이 무대를 붙였나?
-엠쇼가 정신이 나갔을 리가;

 음악방송은 정해진 시간만큼만 방송할 수 있는 정규 편성 프로그램이다.
 그러니 나올 수 있는 무대의 숫자가 정해져 있는데, 경험상 시간이 얼마 남지 않았다.
 2팀 정도 나올 수 있을 것 같은데, 문제는 아직 세달백일과 믹스 웨이가 나오지 않았다는 것이었다.
 즉, 마지막 두 팀이 세달백일과 믹스 웨이라는 것인데…….

-1위 후보들이 맨 마지막에 붙어서 나온 적이 있나?

-ㅇㅇ 있긴 한데. 그거야 서열 정리 깔끔히 끝난 선후배 그룹인 경우지. 세달백일이랑 믹스 웨이처럼 갈등 스토리 있는 경우에는 없음.

-그냥 스케줄 문제 때문에 그런 거 아닐까?

-사녹을 안 한 것도 아니고, 그 정도로 스케줄 조정이 안 될 일은 북한이 핵 쏘는 것밖에 없을 것 같은데.

-ㅋㅋㅋㅋㅋㅋ북한이 핵을 쏴도 음방 무대는 끝내야 하나?

-극한직업ㅋㅋㅋㅋㅋ

-난 뭐가 됐든 상관없음. 두 팀이 딱 붙어서 무대 하면 개꿀잼이겠다ㅎ

-지금 비공계 터져 나가는 소리가 여기까지 들리는데ㅋㅋㅋㅋㅋㅋ

-근데 이건 방송국 의도가 아니면 불가능한데?

-쌩쇼 놈들 음방 시청률 기록 세우려고 그러나??

-하긴ㅋㅋㅋㅋ 지금 음방 시청률 1위 기록이 SBN이잖아. 가요 테이스트.

-그래? 누구 출연했는데?

-기억 안남? 한시온 부모님 사건 알려졌을 때.

-아아아아 그때 세달백일 첫 음방이었지. 기억난다.

-와 몇 년 전 일 같은데, 생각해 보면 몇 달 되지도 않았음.

-세달백일 아직 데뷔 1년 차도 안 됐음ㅋㅋㅋㅋ 커밍업 넥스트 포함해도ㅋㅋㅋㅋ
 -근데 정규 앨범 2장을 냈네. 무친놈들.
 -ㄹㅇ 이 시대의 참된 일꾼임.
 -난 티티는 아닌데, 세달백일이 앨범 쉬지 않고 내는 거 멋있다고 생각함. 덕분에 케이팝씬에도 풀렝스 문화가 생기기도 했고.

 케이팝의 고인물들이 꼭 누구의 팬인 건 아니었다.
 덕질의 특성상 완벽히 중립 기어를 박을 수는 없겠지만, 누가 이겨도 상관없는 이들이 많았다.
 이들은 세달백일과 믹스 웨이의 무대를 붙인 엠쇼의 장난질이 재미있다는 식으로 결론을 내렸지만, 당사인 팬들은 아니었다.
 우선 티티는 무대의 순서가 불만이었다.
 음방 무대의 순서가 꼭 체급을 대변하는 건 아니다.
 뒤로 갈수록 체급이 높고, 앞으로 갈수록 체급이 낮은 건 아니란 말이었다.
 하지만 이 경우에는 좀 애매하다.
 갈등 스토리가 있기 때문이었다.

 -아니 미친 거 아님? 누가 봐도 우리 애들이 엔딩 해

야 하는 거 아냐?

-당연한 거지. 솔직히 초동 빼고 대체 믹밥 새끼들이 이긴 게 뭐가 있는데.

-음원 성적도 압도적이야. 음원 공개하자마자 10위권 밖으로 싹다 밀려났었는데.

-이게 말이 되나?

세달백일의 팬덤은 무대의 순서에 극렬한 불만을 표했다.

그 어떤 부분으로 비교해도 현재 대세는 세달백일이니, 믹스 웨이가 엔딩을 설 이유가 없다는 것이었다.

하지만 이건 믹스 웨이조차 마찬가지였다.

-아니 이러면 세달백일이 무대 끝내고 우리 애들 올라가는 거잖아;

-기가 안 죽을 수가 있나ㅠㅠㅠ

-이건 딱 봐도 엠쇼에서 세달백일 밀어주려고 수작 부린 거잖아;

-이건 항의해야함. 솔직히 엠쇼가 세달백일 앨범에 투자하고 대놓고 홍보해 줬는데 음방 나오는 거 자체가 결탁이지.

믹스 웨이 팬덤의 논지는 간단했다.

세달백일이 먼저 무대를 하면 현장 모인 이들이 세달백일을 응원할 거고, 그 압박감 속에서 믹스 웨이가 무대에 올라가야 한다는 것이었다.

영 틀린 말은 아니지만, 그렇다고 딱 맞는 말도 아니었다.

세달백일이 아무리 인기가 좋다고 하더라도 방송국에서 한 팀에 내어 주는 공방 티오는 크게 다르지 않기 때문이었다.

그러니 이건 그냥 내 새끼가 조금이라도 상처받지 않기를 바라는 팬심 같은 거였다.

==============
실시간 세달백일 팬덤과 믹스 웨이 팬덤 반응.jpg

==============

이 흥미로운 매치업의 소식이 인터넷 세상에서 안 퍼져 나갈 리가 없었다.

-오. 엠쇼가 판 깔아 줬네. 붙을 거면 딱 붙으라고.
-ㅋㅋㅋㅋㅋㅋㅋㅋ뭘 딱 붙어 미친놈아ㅋㅋㅋㅋ
-근데 뭐 음방으로 실력 수준을 구분하는 건 힘들지

않나?

―글킨 한데 딱 붙어 있으면 또 모르지ㅋㅋㅋㅋ

―아니 근데 엠쇼는 세달백일 편이잖아. 이거 다 세달백일 의도 아니야?

―세달백일이 정신병자들이냐. 믹스 웨이랑 딱 붙여 달라고 한다고? 굳이?

―니가 아직 세달백일을 모르네ㅋㅋㅋ 그 놈들은 굳이 그럴 놈들이야.

―그 말에는 동의하는데, 세달백일이 그 정도로 엠쇼에 영향력이 있으려나?

―하긴 그것도 그래.

실제로는 세달백일이 부탁한 게 맞긴 하지만, 대중들이 세달백일과 엠쇼의 관계를 정확히 알 리는 없었다.

인터넷에 이런 이야기들이 퍼져 나가는 건, 겨우 10분 남짓이었다.

음방 순서를 알려주는 NEXT에 세달백일이 등장하는 순간부터 시작되었고, 원로가수 둘의 무대가 끝나는 순간 종결되었다.

왜냐하면, 이제 드디어 세달백일의 무대가 시작되기 때문이었다.

-오 두구두구
-드디어 가냐.
-Stage네.
-타이틀 곡이니까.

 세달백일의 첫 무대는 사녹 곡이었던 〈STAGE〉였다.
 〈STAGE〉가 타이틀이라는 건, 앨범이 발매되기 전부터 모두가 짐작하던 바였다.
 복면강도의 〈Side A〉에도 〈Stage〉라는 곡이 있고, 최재성의 〈Side B〉에도 〈Stage〉가 있고, 온앤온의 〈Side C〉에도 〈Stage〉가 있었다.
 세달백일의 정규 2집 앨범의 컨셉은 유닛 앨범을 합치는 것이고, 〈Stage〉는 세 앨범의 곡을 합치면 정확하게 나오는 곡이었다.
 한시온이 일부러 그렇게 만들었으니까.
 하지만 막상 앨범이 발매되고 사람들이 놀란 건, 정규 2집 앨범의 〈Stage〉를 들으면 유닛 앨범이 전혀 떠오르지 않는다는 것이었다.
 3개의 노래가 섞여서 전혀 다른 노래가 되었다.
 근데 그 4개의 노래가 전부 맛있다.
 오죽하면 음원 사이트에서 〈Stage〉라는 동명의 곡들이 순위에 오르내리니 표기법을 추가했을 정도였다.

Stage(Side A)
Stage(Side B)
Stage(Side C)
Stage(Stage)

이런 식으로.

복면강도의 〈Stage〉는 알앤비였고, 최재성의 〈Stage〉는 일렉트로닉 팝이었고, 온앤온의 〈Stage〉는 언플러그드 포크였다.

그렇다면 2집 앨범의 타이틀 곡인 〈Stage〉의 장르는 무엇일까?

정답은 슬로우 잼(Slow Jam)이었다.

슬로우 잼은 이름과 다르게 느린 음악을 칭하는 장르는 아니다.

차라리 '분위기 있는 R&B 음악들을 잼처럼 섞은 장르'라는 표현이 더 잘 어울렸다.

슬로우 잼은 2000년대 초중반에 흑인 R&B 가수들을 통해서 선풍적인 인기를 끌었고, 미국의 대중문화를 폭격했던 장르였다.

하지만 시간이 지나면서 자연스럽게 힘이 빠졌고, 지금은 선호도가 꽤 되는 메이저 장르의 음악 정도로 여겨졌다.

하지만 한시온은 한국이란 나라가 유독 슬로우 잼을 사랑한다는 걸 알고 있었다.

왜냐고?
섹시하니까.
선정적이고 노골적인 가사를 써서가 아니다.
장르에 담겨 있는 방향성 자체가 연인과 함께 듣는 음악이기 때문이었다.
그러니까 세달백일의 이번 무대도 마찬가지였다.

-!!!!!!!!!!
-미친….

뮤직비디오의 의상은 평범한 투버튼 정장이었다.
아니, 평범하다는 표현은 안 어울릴지도 몰랐다.
완벽하게 잘 어울리는 착장이었으니까.
그래서 티티는 〈Stage〉의 무대 의상이 정장일 거라고 생각하고 있었다.
그 예상은 반만 맞았다.
여전히 정장을 입고 있긴 했지만, 정장의 블레이저만 입고 있을 줄은 몰랐으니까.

-이게 염색도 안 해 주던 내가 알던 세달백일이 맞냐… 가슴이 웅장해진다….
-몸이… 몸이….

-그러니까 이게 포브스 선정 가장 섹시한 아이돌 선정 축하 퍼포먼스인 거지...?
-셔, 셔츠를 스킵해 주셔서 감사합니다.

흥분한 티티가 난리를 피우기 시작하자 사람들이 고개를 갸웃했다.
아이돌의 섹시 컨셉이란 남녀를 불문하고 잘 먹히는 것이었기에, 저 정도는 흔한 일이라는 생각이 들었기 때문이었다.

-왜 오바질임ㅋㅋㅋ 저 정도는 걍 하는 거 아닌가?
-티티 오바하는 건 알아줘야 함.

하지만 이건 세달백일의 유구한 보수 역사를 모르기 때문이었다.
티티가 우스갯소리로 하는 말 중에, 섹시 컨셉은 이이온의 포토 카드에서 끝났다는 말이 있었다.

-우리 애들은 보수적이야....
-흥선대원군의 후손들이 아닐까?
-어떻게 이 포카가 마지막이었냐고....

1집 앨범 발매 당시 찍었던 포토 카드에는 멤버들이 서로의 의상을 골라 주는 특별한 카드가 있었다.

최재성이 한시온에게 동물 잠옷을 입혔던 그 포토 카드.

그때 한시온은 운동을 열심히 한 이이온을 흐뭇하게(트레이너의 시선으로) 바라보며 상의를 벗기려고 했었다.

그러나 멤버들의 격렬한 반대에 무산되고 입힌 게, 헐렁한 농구복.

그게 가장 많은 살색을 노출했었던 활동이라는 게 티티의 웃픈 포인트인 것이었다.

그러니 지금의 무대는 상상도 못했던 크리스마스 선물 같은 것이었다.

하지만 여기서 재미있는 포인트는 의상 선택이 한시온을 제외한 멤버들의 한 때문이라는 것이었다.

"그, 그만 좀 하면 안 될까?"
"점진적 과부하."
"그게 뭔데……."
"이제 네 근육의 수행 능력이 많이 올라갔거든. 옛날처럼 하면 금방 바람 빠진 풍선처럼 쪼그라들 거야."
"그건 너무 억울하잖아……. 평소처럼 운동하면 유지돼야지."
"원래 인생과 근육은 불공평한 겁니다. 온새미로 씨. 한 세트

더 가겠습니다."

"존댓말 쓰지 마……."

평소에는 침착하지만, 멤버들에게 헬스 트레이닝을 시킬 때만큼은 아메리칸 마초에 빙의하는 한시온에게 괴롭혀진 세월이 10개월.

어느 날 문득 억울함이 든 것이었다.

이렇게 미친 듯이 운동을 하고 있는데 어디 보여 줄 곳이 없다는 게.

물론 세달백일은 운동을 열심히 한 태가 나긴 한다.

하지만 춤을 춰야 하는 아이돌은 근육량을 너무 과도하게 가져가지는 않기에 벗기 전에는 모른다.

'벗고 싶어……!'

'이렇게 힘든데 온 세상에 자랑하고 싶어……!'

이런 한이 쌓이고 쌓이다가 드디어 폭발해서 고른 의상이라는 말이었다.

게다가 멤버들에게는 소소한 행복도 있었다.

"그, 그건 너무 노출도가 높지 않을까?"

"다수결."

"아무리 그래도 블레이저 안에 뭐라도 좀……."

"다수결."

의상이 결정되고 불안해하는 한시온을 보며 만족감을

느낀 것이었다.

그런 스토리가 담긴 의상으로 펼쳐지는 〈Stage〉는······.

완벽했다.

딱딱 맞물려 가는 군무에 어디 하나 빠지지 않는 보컬 라인까지.

―캬 개잘해.
―미친 거 아니야?
―첨엔 세달백일이 아이돌스러운 거 하는 게 이상했는데ㅋㅋㅋㅋ
―ㅇㅈ 이젠 약간 부캐 같음ㅋㅋ 아이돌도 했다가 애플 광고도 했다가 버스킹도 했다가.
―일단 다 잘하잖어ㅋㅋㅋㅋ

호평 일색이었다.

* * *

오랜만에 음악 방송의 무대 위에 자리했다.

사실 세달백일은 경력이나 유명세에 비해서 음방 활동이 많았던 그룹은 아니다.

그래도 일 년 가까이 활동을 하다 보니 더 이상 어려움이나 낯설음을 느끼진 않았다.

그렇다는 건, 상념이 비집고 들어갈 틈이 있다는 것이었다.

'팬들이 STAGE는 좋아하려나.'

잠시 그런 생각을 해 봤는데, 좋아할 것 같다.

솔직히 개인적으로는 마음에 안 드는 컨셉이었다.

싫다기보다는 낯설다.

누군가는 오랜 시간 가수 활동을 하면서 그런 컨셉을 한 번도 안 해 봤냐고 물을 수 있겠지만, 이건 어쩔 수가 없다.

난 미국에서 활동할 때, 동양인 티피컬 타입의 이미지와 멀어지기 위해서 엄청나게 노력한다.

오죽하면 내 이미지에 어울리는 파파라치 컷을 찍힐 장소를 정해서 휴가를 보내고, 회사에서 스캔들이 날 상대를 고르기도 했다.

보통은 활동적인 이미지를 가진 배우거나, 스포츠 스타다.

한데 괜히 섹시 컨셉을 했다가는 쌓아 놓은 이미지를 날려 버릴 수가 있다.

안 봐도 뻔하다.

곳곳에서 ASIAN FAGGOT이라는 소리가 들려올 게.

근데 또 웃긴 게, 미국인들은 한국을 본진으로 두고 미국으로 진출한 케이팝 가수들에게는 관대하다.

 케이팝 문화를 존중하기 때문이다.

 너흰 원래 그런 거 잘하는 나라니까 괜찮다고 생각하는 것이다.

 그래서 난 미국을 편견의 나라라고 생각한다.

 미국이 게이에 관대하다고 하지만, 그것도 그린 듯한 티피컬 타입의 형태에 관대한 것이다.

 깔끔한 성격, 잘 정리된 헤어와 손톱, 큰 개를 한 마리 키우고, 취미가 조깅인 자기 관리의 화신 같은.

 "……."

 근데 내가 왜 이런 쓸데없는 생각을 하고 있는 거지?

 상념이 줄줄 새어 나간다.

 무대 직전에 이런 상태라는 건, 내가 썩 몰입하지 않았다는 말도 된다.

 유닛 무대를 할 때까지는 괜찮았던 것 같은데, 세달백일로 무대를 하려니 그렇다.

 아마도 난 실망하는 중이겠지.

 하지만 최선을 다해서 그 실망을 부정 중이다.

 너무 가혹하지 않은가?

 그동안 이렇게 잘해 준 멤버들에게 딱 한 번의 테스트로 실망을 한다는 게.

 나도 안다.

지금 내 상태는 기준점도 없고, 이성적이지도 않은 닳고 닳은 회귀자의 감정 과잉이라는 걸.

아마 두려움 때문일 거다.

그동안 수없는 삶을 보내 오면서 단 한 번도 '마냥 좋았던 적'은 없다.

빛이 있으면 어둠이 있고, 음악이 있으면 침묵이 있다.

문제는 그 침묵이 다음 멜로디를 위한 쉼표라고 생각하기 쉽지 않다는 것이었다.

지금껏 불완전 연주의 끝맺음밖에 본 적이 없어서.

그런 생각을 하고 있을 때, 갑자기 내 옆에 서 있던 온새미로가 다가와 손등을 툭툭 두드렸다.

"라이브 잘해."

"어?"

"놀라지 말고."

"뭘?"

하지만 온새미로는 더 이상 대답하지 않고 후다닥 대형으로 돌아갔다.

무대의 순서가 찾아왔기 때문이었다.

아직 〈STAGE〉는 방송되지 않았을 거다.

음방이 라이브이긴 하지만 초 단위로 송출되는 게 아니라 5분 이상의 여유를 가지고 송출되니까.

아마 우리 전 타임의 무대를 송출하고 있지 않을까?

그런 생각을 하는데, 〈Winter Cream〉의 전주가 들려오기 시작했다.

머리는 말끔하지 않았지만, 몸은 정직했다.

연습량에 맞춰서 몸이 움직였고, 전주의 안무를 소화했다.

이윽고 도입부를 맡은 구태환의 목소리가 출발했다.

이번 앨범에서는 구태환이 모든 도입부를 전담하진 않았다.

더 어울리는 사람에게 파트를 분배할 수 있는 수준이 되었기 때문이었다.

하지만 〈Winter Cream〉의 도입부는 구태환의 몫이었다.

**새하얗게 내려앉은
거품, 같은 Winter**

기분이 살짝 좋아지는 것 같다.

구태환의 도입부는 언제 들어도 일품이다.

만약 이번 생이 끝난다고 해도, 난 다시 구태환을 영입하거나 노하우를 배우려고 노력할 것 같다.

저 리듬감은 정말 독특하고, 재능의 깊이로만 따지자면 아마 나보다 깊을 거다.

본인의 파트를 끝낸 구태환이 뒤로 물러나는 것에 맞춰서 멤버들이 박자를 쪼개 움직였고, 그 사이에서 사뿐한 발걸음으로 최재성이 튀어나왔다.

그동안 세달백일의 노래 중에는 파트 분배를 세세히 쪼갠 곡이 많지 않았다.

여타 케이팝 그룹들은 한 마디를 쪼개 부르기도 하는데(BPM에 따라 다르긴 하지만), 우리는 그런 적이 거의 없다.

최소한 한두 마디 정도는 멤버들에게 믿고 맡겼다.

하지만 윈터 크림은 파트 분배가 자잘하다.

이건 우리 팀원들이 못해서가 아니라, 잘해서다.

그렇게 쪼개도 유기성을 가질 실력이 됐기 때문이었다.

아니나 다를까, 최재성이 팡 터트리는 발성으로 구태환의 뒤를 받는다.

어젯밤부터,
아니, 훨씬 전부터
FILLED THE WORD

여기서 Filled the word는 잘못된 게 아니다.

팬들 중에 몇몇이 음원 사이트에 World가 Word로 잘

못 표기됐다고 제보를 했지만, 사실이 아니다.

'세상을 가득 채운'이라는 뜻으로 쓴 가사가 아니라 '말을 가득 채운'이라는 뜻으로 썼기 때문이었다.

윈터 크림은 새하얗게 내려 앉은 추억을 의미한다.

최재성은 확실히 물이 올랐다.

본인은 느끼지 못하는 것 같지만, 유닛 앨범의 성공은 최재성에게 가장 중요한 것을 가져다줬다.

바로, 자신감이다.

아닌 척도 많이 하고, 아니려고 노력도 많이 하지만, 최재성은 세달백일 안에서 의기소침할 수밖에 없는 포지션이다.

춤을 가장 잘 추긴 하지만, 세달백일은 퍼포먼스가 중심이 된 그룹이 아니다.

보컬리스트의 포텐셜이 훨씬 중요한데, 최재성은 세달백일 멤버들 중에서 가장 처지는 재능을 가지고 있다.

스넘제에서 우승을 하면서 잠깐 자신감을 가졌지만, 앨범을 녹음하면서 다시 꽤 많이 사라졌었다.

스넘제처럼 외부에서 경쟁하는 것보다, 세달백일 안에서 내부 경쟁을 하는 게 훨씬 수준이 높으니까.

그러나 〈DROP〉은 누가 뭐래도 최재성이 아니었다면 그렇게까지 흥할 수 없는 노래였다.

최재성은 특유의 환한 바이브가 있다.

누군가는 그걸 끼라고 부르기도 하고, 가수가 가진 천성이라고 부르기도 하고, 이미지라고 부르기도 한다.

뭐가 됐든 상관없다.

세달백일에는 최재성의 자리가 있고, 최재성이 없다면 이렇게까지 밸런스를 잡아 줄 수가 없다.

만약 내가 다시 몇 번의 생 뒤에 한국에서 아이돌 그룹을 결성하게 된다면, 최재성을 찾을 것 같다.

어벤져스들만 모아서는 좋은 그룹이 될 수 없으니까.

화합할 수 있는 팀에는 연골 같은 존재가 필수이기 마련이다.

최재성의 뒤는 이이온의 차례였다.

Winter Cream!
매 계절마다
조금씩 녹아 와

사람들은 이번 앨범에서 구태환이 도입부를 맡지 않은 부분이 많다는 것에 주목했지만, 사실 다른 포인트도 있다.

이이온에게 고음 파트가 꽤 많이 주어졌다는 것이다.

이 말은 곧, 이이온이 정확한 음계를 찍는 게 익숙해졌다는 뜻이었다.

이이온은 원래 중소 기획사의 메인보컬 출신이었고, 메인보컬이 늘 그렇듯 하이라이트를 부르는 역할을 맡고 있었다.

하지만 2집 앨범을 만들기 전까지 이이온은 세달백일에서 하이라이트 파트를 맡은 적이 없다.

하지만 윈터 크림의 하이라이트는 이이온의 차지다.

이건 동정도 아니고, 배려도 아니었다.

순수하게 실력으로 파트를 분배한 거다.

적어도 이 곡에서 만큼은 이이온이 가장 잘 어울린다.

만약 초고음으로 올라간다고 하면 온새미로에게 맡겼겠지만, 윈터 크림은 그런 곡이 아니니까.

게다가 뭐, 잘생겼잖아?

내가 또 다른 케이팝 아이돌을 기획하게 된다면 이이온도 포함하려고 하지 않을까?

팬들이 그러더라고.

잘생긴 외모는 그 자체로 개연성이고, 핍진성이고, 개성이라고.

그럼 이이온은 조지 마틴이고, 레프 톨스토이며, 찰스 디킨스다.

뽑지 않을 이유가 없다.

그 뒤로 온새미로가 짤막한 프리 훅을 구태환과 나눠서 불렀다.

온새미로는 좀 찌질하긴 해도 좋은 녀석이다.

원래 이 프리훅은 온새미로의 단독이었는데, 구태환과 함께 부르는 게 좋을 것 같다는 의견을 냈다.

개인적인 판단으로는 51 대 49였다.

구태환과 같이 부르는 것도 좋지만, 그건 49.

온새미로 혼자 부르는 게 51.

그럼에도 불구하고 49를 선택한 것은, 온새미로가 날 설득했기 때문이었다.

'2점 정도는 포기해도 같이하는 게 좋잖아?'

온새미로는 제대로 된 가족을 가져 본 적이 없다.

온새미로에게 그렇게까진 말하지 못했지만, 그의 가족은 가짜였고 족쇄였다.

그래서 온새미로는 그 누구보다 세달백일이라는 팀을 사랑하고, 단순히 팀이라고 생각하지 않는다.

이건 꽤 놀라운 일이다.

온새미로 정도의 실력자가 본인의 파트보다 팀 케미를 중요시한다는 건.

그러니 난 아마 온새미로도 뽑고 싶을 것 같다.

다음은 내 후렴이었다.

무대에 오르면 이성적인 사고가 잘 되지 않는다.

연습량에 맞춰 춤을 추고, 화음을 넣고, 멤버들과의 간격을 조절하면서 무의식적으로 수많은 생각들이 스쳐 지나간다.

내가 무슨 생각을 했는지 캐치할 때도 있고, 캐치하지 못할 때도 있다.

그러나 지금은 캐치가 된다.

비죽 웃음이 나온다.

이제 와서 이성적으로 정리해 보자면 새로운 아이돌 그룹을 기획하면 지금의 멤버들을 전부 다시 뽑고 싶다는 게 아닌가.

역설적인 소리다.

하지만 일단은 노래를 불러야지.

난 그렇게 마이크를 잡고 노래를 부르다가 퍼뜩 정신을 차렸다.

뭔가 이상하다.

연습 때 취했던 대형이 아니다.

무슨 사고가 났나?

무대 장치 이슈?

그런 생각에 노래를 부르며 눈을 돌려서 옆을 보니…….

팟!

네 명의 멤버들이 손에 쥐고 있던 꽃가루를 나한테 팍 뿌린다.

이게 뭔가 싶어서 보니까 언제 썼는지 모를 고깔 모자도 쓰고 있다.

평소 대형이 아니라 뒤로 한 걸음 물러났던 게 저걸 위한 거였나?

근데 왜?

그 순간, 귀가 확장되며 후렴에 맞춘 팬들의 응원 구호가 들린다.

-축하해!
-생일을!

아, 그랬다.

3월 3일은 엠쇼의 음방에 출연하는 날이며, 세달백일 정규 2집 앨범 〈STAGE〉의 첫 번째 공식 활동 날이며…….

내 생일이었다.

내가 나도 모르게 노래를 멈추자, 멤버들이 화들짝 놀라서 내 파트를 받는다.

갑자기 들어왔음에도 네 명의 목소리가 화음이 맞는다.

우리는 이번 윈터 크림에서 AR을 최소로 한 완전 라이브 중이었기 때문에, 방송 사고가 날 뻔한 거다.

뒤늦게 정신을 차리고 후렴과 2절을 이어 갔다.

그리곤 깨달았다.
대형과 안무가 다르다는 걸.
내 안무는 그대로다.
하지만 이건 날 중심으로 새롭게 짠 안무다.
중간중간 생일을 축하하는 짤막한 안무가 들어간.
동작에서 최재성의 냄새가 강하게 느껴지는 걸 보니, 생일을 기념해서 준비 중이었던 것 같다.

-축하해!

가사의 더블링 타이밍마다 팬들이 타이밍 맞춰서 축하를 하는 걸 보면 아마 티티와도 말을 맞춘 것 같다.
우리의 공홈에는 팬들과 개인 소통하는 방법들이 많으니까.
그러니까, 이 모든 걸 정리하자면…….

"그건 좀 그렇지 않을까? 이틀밖에 안 남았는데."
"맞아. 그러다가 실수하면 어떡해."
"이번에 우리가 음방 보고 있는 사람이 엄청 많잖아. 안정적으로 잘해야지."

이 말은 거짓말이었다.

내가 안무를 바꿔 봐야 자기들은 준비한 걸 하려고 할 테니까, 그런 거짓말을 한 것이었다.

문득 그런 생각이 들었다.

수십, 수백 번의 회귀를 하며 받아 온 그 어떤 비싼 선물보다 이 진실이 더 가치 있는 것 같다고.

새까맣게 잊고 있었지만…….

나쁘지 않은 생일이다.

(빌어먹을 아이돌 10권에서 계속)

환상이 숨쉬는 공간 파피루스 blog.naver.com/gnpdl7

율운 스포츠 판타지 장편소설

역대급 뱀직구로 슈퍼에이스!

뱀 한 마리 구해 주고 패스트볼의 신이 되었다
『역대급 뱀직구로 슈퍼에이스!』

밋밋한 포심, 애매한 변화구
혹사에 이은 수술, 그리고 입대까지
높아져만 가는 프로의 벽에 절망하던 구강혁

어느 날 고통받던 뱀을 구해 주고
문신과 함께 신비한 야구 능력을 얻게 되는데

"구속도 구속인데 무브먼트가……. 마치 뱀 같은데?"

타격을 불허하는 뱀직구를 앞세워
한국을 넘어 메이저리그까지 제패하겠다
전설을 써 내려갈 구강혁의 와인드업이 시작된다!